AF300267

LE BATTEUR D'ESTRADE

PAR PAUL DUPLESSIS

I

LA FORÊT SANTA-CLARA.

Vers le milieu du mois de juin de l'année 1852, une petite troupe, composée de sept cavaliers, traversait péniblement et en silence une forêt du Mexique, la forêt Santa-Clara.

Brûlés par le soleil et amaigris par les privations, les visages de ces hardis voyageurs portaient l'empreinte de cruelles et récentes souffrances, de même que leurs vêtements de cuir, déchirés par les ronces et incrustés de poussière, accusaient de rudes fatigues.

Nous avons dit : hardis voyageurs, et cette épithète n'a rien d'exagéré : car pour avoir osé et pu pénétrer là où se trouvaient ces hommes, il fallait être doué d'une double force morale et physique à toute épreuve. Quoiqu'une distance de deux cents lieues au plus, à vol d'oiseau, sépare la forêt Santa-Clara de la ville de San-Francisco, pas un des téméraires et aventureux habitants de la nouvelle Babylone américaine n'avait encore foulé du pied ce sol vierge de tout contact européen. Crevassée d'horribles précipices, émaillée de serpents, peuplée de jaguars et de panthères, n'offrant aucune ressource contre les tortures de la faim et les angoisses de la soif, la forêt Santa-Clara n'avait abrité jusqu'à ce jour que des Indiens Apaches, hôtes certes plus féroces, plus malfaisants et plus redoutables que les reptiles et les bêtes fauves.

Adossée au nord contre le golfe de Californie, bornée au sud, à l'ouest et à l'est par ces immenses et inexplorées solitudes que les géographes contemporains les mieux informés sont réduits à désigner sur la carte par d'humbles points d'interrogation et de modestes hachures, la forêt Santa-Clara est en outre défendue contre l'envahissement des émigrants européens par la difficulté presque insurmontable que présente son itinéraire, que l'on parte de San-Francisco ou de Guaymas. Longer les bords à peu près impraticables du golfe de Californie, traverser le *rio Colorado*, franchir une triple barrière de montagnes (1), ou marcher continuellement à travers des tribus ennemies, présente des difficultés que l'amour le plus effréné de l'or ne songerait pas même à vaincre. Le trajet de San-Francisco à Santa-Clara est d'environ neuf cents milles anglais ou douze cents kilomètres; mais de Guaymas, port mexicain, à cette forêt, la route n'est guère de plus de trois cents milles, ou cent lieues.

Le cavalier qui marchait en tête de la petite troupe, et lui servait de guide, présentait dans sa personne un singulier mélange de civilisation et de barbarie; son accoutrement, moitié mexicain, moitié indien, n'aurait pas permis de préciser sa nationalité, si sa peau rouge, son front déprimé, ses traits bizarrement accentués ne l'avaient désigné tout d'abord comme appartenant à la grande famille des enfants libres du désert; en effet, c'était un Indien Seris pur sang.

Derrière l'Indien, et profitant de l'espèce de sentier momentané qu'il traçait dans sa course, quatre Mexicains solidement et nonchalamment campés sur de maigres et infatigables chevaux originaires de l'état de Sonora, le suivaient pas à pas; chacun de ces mexicains, qui, soit dit entre parenthèses, paraissaient appartenir à la classe des aventuriers de la pire espèce, portait à l'arçon de sa selle un sabre droit, une paire de pistolets et une courte carabine; en outre, un long et solide couteau soigneusement affilé, dont le manche seul apparaissait à la hauteur du genou, était retenu par une jarretière en fils d'aloès dans les plis de leurs bottes *vaqueras*; ce couteau, arme plutôt défensive qu'offensive, sert à trancher le nœud du lazo ennemi qui vous enveloppe dans une mortelle étreinte.

Le sixième cavalier cheminait à une distance d'environ cent mètres de l'avant-garde. C'était un homme de haute stature, une espèce de géant aux larges épaules, à la constitution robuste; l'expression d'apathique indifférence habituelle à son visage, grossièrement modelé, semblait indiquer, de prime-abord, un manque absolu d'énergie et d'initiative; toutefois la fixité et l'assurance de son œil, sec et dénué de rayonnement, disait d'une façon à ne pouvoir

(1) Sur la carte du Mexique la plus récente, carte dressée par ordre du sénat, on lit, à propos de ces montagnes : « Se supone que estas « montañas no se extienden mas de lo que aqui se ve hácia el norte; « pero no hay datos suficientes para trazarlas con exactitud. » On suppose que ces montagnes ne s'étendent pas plus loin qu'on ne le voit ici, vers le nord; mais on n'a pas de renseignements suffisants pour les indiquer d'une façon précise.

s'y méprendre la détermination unie à la volonté; évidemment cet homme, malgré sa banale et vulgaire apparence, méritait et devait éveiller l'attention de tout observateur : il se nommait Grandjean, était originaire du Canada et touchait à la cinquantaine.

Soit qu'il craignît d'ensanglanter son visage aux lianes épineuses accrochées aux arbres et balancées par le vent dans l'espace, soit qu'il eût compassion de sa monture, le Canadien marchait à pied, tirant après lui son cheval par la bride; au reste, il paraissait peu soucieux de ce surcroît de fatigue.

Le septième et dernier cavalier de l'aventureuse petite troupe était, sans contredit, le plus remarquable de tous; il devait avoir de vingt-huit à trente ans : ses manières hautaines, son buste nerveux et élancé, un je ne sais quoi d'essentiellement aristocratique qui se décelait jusque dans ses moindres mouvements, sa façon fière et superbe de relever la tête; tout enfin dénotait en lui, sinon l'habitude, au moins le goût inné du commandement.

Ses bras, démesurément gros et développés comparativement à la finesse de sa taille, indiquaient une puissance musculaire peu commune; néanmoins ses mains, de forme irréprochable malgré leur nerveuse maigreur, eussent été enviées par bien des femmes. Ses traits d'une beauté réelle pris isolément, présentaient dans leur ensemble quelque chose d'antipathique. La raison de cette impression étrange provenait du singulier regard qui tombait de ses yeux, d'un gris clair et verdâtre. Ce regard, assez semblable à celui du reptile fascinant sa proie, exprimait à dose égale le dédain, la méfiance et la férocité. Un homme prudent se serait abstenu sans doute d'asseoir un jugement définitif sur de tels indices, mais il aurait à coup sûr évité le contact de cet inconnu et repoussé son intimité. Les aventuriers, placés sous ses ordres, car les six cavaliers dont il vient d'être question étaient à sa solde, ignoraient son nom de famille, et l'appelaient simplement *el señor* don Enrique, M. Henry.

Au moment où commence notre récit, le soleil déclinait à l'horizon; l'atmosphère, accablante pendant la journée, avait repris un peu de fraîcheur; les cris discordants de milliers d'oiseaux aux formes fantastiques et aux étincelants plumages, retentissaient de tous les côtés; les cimes des arbres, courbées par l'ardeur du soleil, relevaient doucement leurs verts panaches : tout annonçait l'approche de la nuit.

Don Enrique, les sourcils froncés, l'air soucieux, paraissait, depuis un instant, livré à de pénibles réflexions; tout d'un coup il ramena à lui la bride, qu'il laissait distraitement flotter sur le cou de sa monture, et stimulant d'un vigoureux frottement d'éperon le pauvre animal, harassé de fatigue, il rejoignit le flegmatique Canadien.

— Grandjean, dit-il d'un ton bref, je veux que nous sortions de cette forêt avant la fin du jour. Remonte à cheval et fais en sorte que mon ordre soit promptement exécuté.

— Ma foi, monsieur Henry, répondit le Canadien d'une voix traînante et avec un accent normand des plus prononcés, voilà ce que j'appellerai, sauf votre respect, parler pour ne rien dire!... Je comprends parfaitement bien que vous souhaitiez avec ardeur camper cette nuit en rase campagne, mais comment diable voulez-vous que je réalise votre désir? Pas plus que vous je ne connais les solitudes du monte Santa-Clara... Jamais jusqu'à ce jour je ne me suis aventuré dans cet océan de verdure !...

— Si ton expérience de la vie du désert est tellement incomplète que tu aies besoin d'avoir cent fois parcouru une route pour réussir à t'orienter, ce n'était pas la peine de t'engager à ma solde ; le premier mendiant aveugle m'aurait rendu les mêmes services que toi.

A cette apostrophe le Canadien resta impassible et continua d'avancer d'un pas égal, en tirant toujours après lui sa monture.

— Ne m'as-tu pas entendu ? reprit d'un ton menaçant celui qu'on appelait M. Henry.

— Certes, oui.

— Alors pourquoi ne me réponds-tu pas ?

— Parce que je hais les querelles inutiles, monsieur Henry.

— Tu es fou ! tu oublies l'infranchissable distance que l'éducation et la naissance ont mise entre nous deux ! Tel mot qui dans la bouche de mon égal constituerait à mes yeux une mortelle injure, devient, en passant par tes lèvres insignifiant et sans portée !... Tu peux t'expliquer sans crainte.

— Ce n'est pas la crainte, mais seulement l'ennui qui me fait garder le silence, monsieur Henry, dit froidement le Canadien, je déteste les discussions inutiles. Enfin ! puisque vous tenez tant à causer, causons.

Tandis que Grandjean prononçait ces paroles, le visage de M. Henry se teignait et se couvrait alternativement de la rougeur de la colère et de la pâleur de la rage. Un moment il parut sur le point de céder à la violence de ses sentiments ; mais bientôt, soit qu'il eût pitié de l'infériorité morale de son interlocuteur, soit plutôt qu'il ne jugeât pas le moment opportun pour se priver de ses services, les muscles contractés de son visage se détendirent, l'éclair de son regard s'éteignit, et ce fut sur un diapason beaucoup moins élevé qu'il reprit l'entretien.

— Quel motif te fait supposer, Grandjean, que je désire si ardemment camper cette nuit hors de la forêt ? lui demanda-t-il.

— Dame ! il n'est pas nécessaire d'avoir reçu une bien grande éducation pour savoir que Dieu a donné aux hommes et aux animaux un puissant instinct de conversation ! Tout être vivant fuit la mort !

— Mes jours sont-ils donc menacés ?

— Je le crois !

Un sourire de souverain mépris glissa sur les lèvres minces de M. Henry.

— Et c'est dans cette forêt que les ennemis ou les traîtres que j'aurai bientôt à combattre ou à punir, espèrent accomplir leur œuvre sanglante ?

— Je l'ignore.

— Tu mens, et tu es toi-même un traître ! s'écria le jeune homme en portant sa main droite au pommeau de sa selle qui soutenait les fontes de ses pistolets.

Le Canadien vit et comprit parfaitement ce mouvement, néanmoins aucune trace d'émotion n'apparut sur sa figure.

— Monsieur Henry, dit-il d'une voix toujours aussi calme, vous ne me prouverez jamais, quelque savant et quelque instruit que vous soyez, qu'avertir un homme de se tenir sur ses gardes, ce soit lui être hostile et se montrer son en-

nemi !... Laissez donc vos pistolets en repos... Vous maniez les armes à feu d'une manière très-convenable... j'en conviens... Toutefois, malgré la remarquable justesse de votre vue, malgré la fermeté de votre main, vous ne comptez encore que parmi les tireurs secondaires de la frontière ! Votre trop grande fougue nuit à la précision de vos mouvements... Avant que vous n'ayez sorti votre révolver, j'aurais, moi, le temps de charger ma carabine et de vous envoyer une balle en plein corps !... N'allez pas croire au moins que ce soit là une menace que je vous adresse ; non, c'est un simple avertissement que je vous donne.

M. Henry haussa les épaules d'un air de pitié.

— Trêve de vains propos et allons au fait ! dit-il : comment se peut-il que, sachant que l'on en veut à mes jours, tu ignores quels sont mes ennemis et quels projets ils ont formés contre moi ?

— Vous me prêtez un langage que je n'ai jamais tenu, monsieur Henry : j'ai dit seulement, et je vous répète, que je crois vos jours menacés ; mais croire à une chose, ce n'est pas l'affirmer !... Il est possible que je me trompe ! Quant au désir que, selon moi, vous devez éprouver de vous voir hors de la forêt Santa-Clara, quoi de plus naturel ?... J'ai connu des gens très-courageux qui préféraient marcher toute la nuit, sans prendre une heure de repos, à camper dans une forêt ! Une vipère qui rampe, protégée par l'obscurité et abritée par l'épaisseur d'un buisson, est certes plus à craindre que l'ours gris bondissant furieux dans la savane !

Un assez long silence suivit cette réponse du Canadien. Ce fut M. Henry qui, le premier, reprit la parole.

— Je laisse à l'avenir le soin de m'édifier sur ton compte, Grandjean, dit-il d'un air pensif. Seulement, sois persuadé d'une chose : il vaut mieux être mon ami que mon ennemi ! Ah ! j'oubliais... une dernière question... Comment se fait-il qu'ayant une si grave communication à m'adresser, tu aies paru éprouver tout à l'heure une aussi forte répugnance à entamer cet entretien ? Ta conduite me semblait assez difficile à expliquer.

— Elle est cependant fort simple, monsieur Henry !

— Parle, je t'écoute ! Surtout n'essaye pas de me tromper !...

— Vous tromper ! répéta le Canadien ; me prenez-vous donc pour un Mexicain ou pour un yankee ? Je suis Normand, originaire de Villequier. On n'a pas chez nous l'habitude de mentir. Quand une question nous embarrasse ou nous déplaît, nous n'y répondons pas, voilà tout. Maintenant, vous désirez connaître le motif de mon silence ; eh bien ! je vais vous le dire. D'abord, je dois vous déclarer que je n'éprouve pour vous ni amitié ni haine : vous m'êtes complètement indifférent. Que vous réussissiez ou que vous échouiez dans votre entreprise, dont j'ignore et ne désire nullement connaître le but, cela m'est complètement égal. Je ne tiens qu'à une chose : gagner honnêtement la solde que vous me payez ! Vous m'avez loué à Guaymas, à raison de trente piastres par mois, pour vous accompagner en voyage. Partout où vous avez été, je vous ai suivi ; là où vous irez, j'irai !... Je me suis engagé, si les Indiens nous attaquent, à me battre bravement... soyez persuadé que, si l'occasion se présente, mon *rifle* ne restera pas inactif !... Enfin, il a été convenu entre vous et moi, que j'emploierai au profit de votre bien-être mon expérience de la vie du désert ! N'ai-je pas encore, sur ce point, loyalement rempli mes engagements ? Quand la soif vous brûlait la gorge, quand le soleil, versant sur votre tête ses rayons de plomb fondu, vous menaçait d'une mortelle démence, ne vous ai-je pas trouvé de l'eau, toujours construit un abri ? Oui, n'est-ce pas ? Vous ne sauriez prétendre le contraire ! Nous ne nous devons donc rien l'un à l'autre ; vous m'avez exactement payé, je vous ai consciencieusement servi ; nous sommes quittes ! A présent, si, par votre imprudence ou par votre cupidité, vous vous êtes placé dans une mauvaise position, cela ne me regarde en rien !... Je ne suis ni votre conseiller, ni votre ami, ni votre défenseur, ni votre ennemi... Je tiens à rester neutre... Mais voilà beaucoup de paroles perdues !... J'ai eu tort de soulever cette discussion !... Ne m'interrogez plus : je ne vous répondrais pas.

Le jeune homme avait écouté Grandjean avec une extrême attention, et sans cesser de fixer sur lui son regard.

— Je te remercie de ta rude franchise, lui dit-il ; elle m'inspire plus de confiance qu'une pompeuse protestation de dévouement !... Puisque tu crains si fort de te compromettre, je consens à couper court à cette conversation ! Sois assuré que vipères et ours gris, pour me servir de ton énigmatique langage, me sont également indifférents : contre les premiers, j'ai le talon de ma botte ; contre les seconds, le canon de ma carabine.

— Moi, monsieur Henry, je suis moins imprudent : je préfère tuer de loin le reptile à l'affronter de près ! Une morsure au talon est chose vite faite, et le venin monte bien rapidement du talon au cœur ! Au reste, toutes ces choses-là ne me regardent pas : chacun est libre d'envisager à son point de vue et de juger d'une façon différente les actions de la vie. N'avez-vous aucun ordre à me donner ?

— Au contraire ! Tu vas remonter tout de suite à cheval, prendre la tête de notre troupe, et nous guider comme bon te semblera, jusqu'à ce que tu trouves un emplacement convenable pour le campement de cette nuit.

— Je vous ai déjà dit et je vous répète, monsieur Henry, que je ne connais nullement la forêt Santa-Clara, répondit le Canadien, tout en se mettant lourdement en selle.

— Aussi n'est-ce pas à ta mémoire, mais bien à ton expérience que je fais un appel en ce moment. Un homme, initié comme tu l'es aux mystères des solitudes, doit savoir, mieux que personne, choisir l'endroit le plus favorable, pendant une halte, à sa propre sécurité. Agis donc pour moi comme pour toi ; j'approuve implicitement à l'avance, soit les précautions que tu jugeras convenable de prendre, soit les imprudences que tu croiras nécessaires de risquer ! Allons, éperonne ton cheval... et en avant !

— Vraiment, monsieur Henry, dit Grandjean après une courte hésitation et d'un air qui décelait le mécontentement et l'embarras, je ne vous dissimulerai pas que la confiance que vous me témoignez m'est extrêmement désagréable, et me place dans une singulière position...

— Quelle position, Grandjean ?

— Dame ! dans la position de me faire casser la tête par une balle ou creuser la poitrine par un couteau pour rendre service à une personne qui m'est complétement indifférente !... Je devine, à votre étonnement, que vous ne comprenez pas bien encore votre situation. Après tout, comme vous êtes dans votre droit en exigeant que je vous serve de guide, je dois vous obéir.

Le Canadien, après cette réponse, fit claquer sa langue à plusieurs reprises, mit son cheval au trot, et rejoignit bientôt l'Indien Seris, qui marchait à la tête de la caravane.

Les Mexicains, en voyant Grandjean opérer sa manœuvre, échangèrent entre eux un rapide et presque imperceptible regard d'intelligence. Quant à l'Indien, ce fut avec une raideur de statue et sans manifester la moindre surprise qu'il se retourna vers le Canadien, qui du canon de sa carabine, l'avait doucement touché à l'épaule.

— Traga-Mescal, lui dit Grandjean en espagnol, — le dialogue échangé entre M. Henry et le Canadien avait eu lieu en français, — retiens ta jument et laisse-moi passer !

— Passe ! répondit laconiquement le Seris.

— Voilà qui est fait... très-bien !... Deux mots encore, cher Traga-Mescal.

— Dis !...

— Je ne saurais, quand je suis en voyage, sentir quelqu'un sur mes talons... cela me gêne dans mes allures, m'agace les nerfs et me conduit à fatiguer inutilement mon cheval !...

— Voilà bien des paroles, et tu ne m'as encore rien dit !

— Ton observation est fort judicieuse, aimable Traga-Mescal !... Alors j'aborde franchement la question : si tu t'avises de me suivre à moins de vingt-cinq pas de distance, je t'envoie la balle de mon rifle en plein corps ! Tu m'as bien compris ?

— Très-bien, répondit l'Indien avec une imperturbable gravité.

— Tu me connais déjà assez pour savoir que je ne menace jamais en vain ! Ce que je dis, je le fais !

— Je sais que tu es brutal et brave !

Au sourire de satisfaction qui entr'ouvrit les grosses lèvres du Canadien, il était aisé de deviner que la réponse du Seris constituait, à ses yeux, un compliment flatteur ; toutefois, il s'éloigna sans répondre. Traga-Mescal, raide et immobile sur sa jument, attendit, avant de se remettre en route, que les Mexicains l'eussent rejoint ; deux mots qu'il prononça alors à voix basse, et sans retourner la tête, firent tressaillir les nouveaux venus, qui continuèrent d'avancer en silence.

Après une nouvelle heure d'une marche lente et pénible à travers la forêt, la troupe des aventuriers s'arrêta : Grandjean avait enfin rencontré un campement à sa guise.

L'endroit choisi par le Canadien était d'une pittoresque et sauvage beauté : c'était au bord d'une large lagune dont l'eau dormante, abritée et encadrée par un gigantesque rempart de verdure, ressemblait à la surface d'un immense miroir. Une espèce de berge naturelle, formée par un accident de terrain et complétement dénuée d'arbres, côtoyait pendant une centaine de pas la partie de la rive où les voyageurs mirent pied à terre.

Les Mexicains et l'Indien Traga-Mescal dessellaient déjà leurs chevaux qui, le cou tendu vers la lagune, hennissaient de joie et léchaient avec des langues enflammées par la soif leurs mors recouverts d'une couche d'écume desséchée, lorsque M. Henry atteignit à son tour le lieu du campement.

A la vue du calme et mystérieux paysage qui se présenta soudainement à ses regards, le jeune homme ne put retenir une exclamation de ravissement et de surprise; son air froid et hautain fit place à un enthousiasme, qui changea complétement l'expression de son visage et lui donna une fière et mâle beauté; mais cette métamorphose fut de courte durée.

— Voilà un attendrissement aussi ridicule que déplacé, murmura-t-il bientôt comme se parlant à soi-même; Dieu me pardonne, j'ai presque rêvé une chaumière et un cœur! Qu'a donc ce site de si remarquable et de si attrayant? C'est à peine, s'il atteint à la perfection d'un vulgaire décor d'Opéra!... Je me croyais plus fort!... Comment ai-je pu oublier un seul instant que, dans la nature, tout est mirage, de même que, dans la société, tout est mensonge!... Ici-bas, il n'y a rien de vrai, si ce n'est l'or!... J'avoue pourtant que, de prime-abord, cette nappe d'eau est d'un assez heureux effet!... Ces géants centenaires des forêts qui inclinent sur la lagune leurs vertes chevelures, bizarrement entremêlées de lianes, ressemblent assez à de vieux Faunes coquets se mirant dans l'onde d'un ruisseau!... L'imposant silence qui règne de tous les côtés, les âpres parfums qui flottent dans l'air, le vaste champ qu'offrent à l'imagination ces solitudes, tout cela réuni forme un ensemble assez harmonieux! Oui, mais qu'au lieu de se laisser sottement aller à sa première émotion, on en appelle à l'analyse... que vous dira votre raison!... Elle vous répondra que, dans le fond fangeux de cette lagune, s'agitent de voraces et laids caïmans; que ces bords recouverts d'une si luxuriante végétation servent de refuge à de hideux reptiles; que ces prétendus parfums enivrants sont tout bonnement des miasmes empoisonnés et mortels; que cette eau si limpide est stagnante, et que vouloir s'y rafraîchir en y trempant ses lèvres ou en y plongeant son corps, ce serait s'exposer, presque à coup sûr à cette terrible fièvre froide d'Amérique qui lâche si rarement sa proie! L'homme réellement au-dessus du vulgaire, l'homme supérieur, ne doit jamais se laisser dominer par une impression spontanée. Il est si rare que nos yeux et notre esprit ne se trompent pas lorsqu'ils apprécient un objet ou un sentiment nouveau!

Après avoir plutôt murmuré que prononcé ces paroles, M. Henry descendit de cheval et fit signe au Canadien de venir le rejoindre; le géant obéit avec une lenteur qui témoignait de son indépendance.

— Ne crains-tu pas, Grandjean, lui dit le jeune homme, que le voisinage de cette lagune n'occasionne parmi nous quelque grave maladie?... Tu sais aussi bien que moi combien dans ces régions l'humidité est chose malsaine, surtout pendant la nuit!... Il nous reste encore près d'une heure de jour... ne ferions-nous pas bien d'en profiter pour chercher un autre gîte?...

— On guérit plus aisément d'une fièvre que d'un coup de poignard, répondit lentement le Canadien!... Du reste, agissez comme bon vous semblera. Maintenant que j'ai rempli mon devoir et accompli honnêtement la mission dont vous m'aviez chargé, il m'importe peu que vous soyez demain un être vivant ou un cadavre! Remettons-nous en marche.

— Je n'ai qu'une parole, Grandjean : nous camperons ici!... seulement je désire savoir la raison qui t'a fait choisir ce lieu de préférence à tout autre.

Le Canadien, au lieu de répondre tout de suite à cette question, se mit à considérer attentivement son interlocuteur; on eût dit qu'il le voyait pour la première fois.

— J'avais cru jusqu'à ce jour qu'il me suffisait d'étudier le visage d'un homme pour connaître son caractère, répondit-il enfin; mais je reconnais que c'était là une sotte présomption!... Dorénavant j'attendrai pour juger quelqu'un que je l'aïe vu agir : les actions seules ne mentent pas!...

— Tu viens donc de changer d'opinion sur mon compte?

— Oui, monsieur Henry.

— Comment cela?

— Je vous croyais brave et rusé à l'excès.

— Et maintenant?

— Maintenant, je vous accorde toujours un grand courage, mais c'est tout!...

— Ce qui signifie, Grandjean, pour parler plus clairement, que tu n'as nulle confiance dans ma sagacité?...

— C'est vrai...

— Tu pourrais bien te tromper, répondit le jeune homme, en accompagnant ces paroles d'un fin sourire. Et quel est, je te prie, le motif qui te fait me juger à présent d'une façon si différente?

— C'est votre question... Quoi! vous n'avez pas compris que, retranché au bord de cette lagune, vous ne sauriez être attaqué que d'un seul côté à la fois! Ne comptez-vous donc pas comme un grand avantage, quand on doit se mesurer avec des forces supérieures, d'avoir ses ennemis en face de soi?

Le jeune homme allait répondre, lorsque des exclamations d'étonnement et d'effroi, poussées par les Mexicains, attirèrent son attention; il s'avança vivement vers eux. Le Canadien le suivit sans que rien, soit dans sa contenance, soit sur son visage, dénotât la moindre curiosité. Il était évident que Grandjean était rompu à la vie des aventures, et que les incidents, si imprévus et parfois si dramatiques de l'existence nomade, n'exerçaient plus aucune influence ni sur son imagination ni sur ses nerfs.

— Qu'y a-t-il? demanda M. Henry en accostant les Mexicains.

— Regardez, seigneurie! répondit l'un d'eux, dont les traits décomposés décelaient une terreur réelle et profonde.

Le jeune homme suivit du regard le doigt que le Mexicain inclinait vers la terre. Ce doigt indiquait l'empreinte d'un pied humain fraîchement et nettement tracé sur le bord fangeux de la lagune.

II

LE DAIM ENCHANTÉ.

La preuve irrécusable du récent passage d'un homme

dans la forêt Santa-Clara constituait non-seulement pour la petite troupe des aventuriers un événement mystérieux, mais aussi un fait de la plus haute importance.

En effet, il n'était guère probable qu'un homme eût osé et pu pénétrer seul au cœur de cette dangereuse solitude. Mais alors quels étaient ses compagnons? Quels desseins secrets poursuivaient-ils? Qu'attendre de leur rencontre? Une alliance ou un choc?

Toutes ces pensées, qui se présentaient rapides et confuses à l'esprit des Mexicains, leur faisaient garder un anxieux silence.

Ce fut M. Henry qui, le premier, prit la parole.

— Vraiment! leur dit-il d'une voix railleuse, je ne conçois pas qu'une découverte aussi insignifiante produise sur vous une si vive impression! Si ces empreintes sont celles d'un être surnaturel, ne possédez-vous pas vos chapelets? Si elles proviennent d'un homme en chair et en os, n'avez-vous pas vos carabines?... Et toi, Grandjean, que crois-tu?

— Moi, monsieur Henry, répondit le Canadien en espagnol, je ne crois qu'à ce qui est possible. Je nie donc l'existence de cette piste.

— Pourtant, reprit le jeune homme après un léger silence, la trace reçue et conservée par le sol est d'une si scrupuleuse fidélité; elle rend si bien jusque dans ses moindres détails, l'empreinte d'une chaussure, que le doute n'est pas permis!... Regarde... là... tout contre la lagune... N'aperçois-tu pas deux étroites circonférences, légèrement creusées dans la terre?... elles proviennent certainement de la pression de deux genoux,.. et ici....là... tout auprès... observe ces dix doigts marqués par le sol... on voit le profil des deux pouces et des ongles des doigts... Il est incontestable qu'un homme s'est agenouillé et appuyé ici, probablement pour boire dans la lagune...

— J'ai déjà lu d'un seul coup d'œil les pistes que vous épelez si lentement, dit Grandjean. J'ai même remarqué des brisées de branches qui me permettraient de jurer, en toute autre circonstance, qu'un homme et un cheval ont tout récemment passé ici...

— Alors, puisque tu as si bien vu, pourquoi te récries-tu contre l'évidence?

— Je vous le répète, parce que ma raison se refuse à admettre l'impossible!... Or, je n'admets pas qu'un idolâtre, un juif ou un chrétien, ait pu pénétrer seul jusqu'ici...

— Nous nous y trouvons bien, nous...

— Ça, c'est une tout autre chose! D'abord nous sommes sept hommes; ensuite, pour atteindre le monte de Santa-Clara, nous avons traversé simplement la *Sonora*...

— Eh bien?

— Eh bien! pour qu'un homme eût pu arriver jusqu'ici sans passer par la Sonora, il faudrait, ni plus ni moins, qu'il eût franchi les montagnes Rocheuses, le rio Colorado et les territoires indiens!... Or, c'est à peine si une armée pourvue de vivres se hasarderait à entreprendre un tel trajet!...

— Et qui te dit que cet homme n'a pas imité notre exemple? qu'il n'a pas, comme nous, côtoyé constamment le golfe de la Californie?

— Le moindre bon sens suffit pour détruire cette supposition!... Si celui que vous vous obstinez à appeler un homme nous avait suivis, il ne serait pas encore arrivé;

s'il nous eût précédé, nous aurions trouvé à chaque instant sa piste le long de notre chemin.

— D'où tu conclus?

— Que la supposition que vous avez émise tout à l'heure, en manière de raillerie, est la seule vraisemblable, la seule à laquelle nous devrions nous arrêter...

— De quelle supposition parles-tu, Grandjean?

Le Canadien hésita; mais bientôt prenant son parti

— Je n'ignore point, dit-il d'un ton bourru, que ma réponse va vous prêter à rire... Cela m'est, du reste, on ne peut plus égal... Je n'attache aucune importance à ce que l'on pense de moi, car je sais ce que je vaux. Je vous déclare donc, selon moi, que cette trace, dont vous cherchez en vain l'origine, a été laissée par un esprit...

— Un esprit! répéta M. Henry. Qu'entends-tu par là?

— J'appelle un esprit ce que vous nommiez tout à l'heure un être surnaturel!... Mettez revenant ou fantôme, si bon vous semble...

En entendant cette réponse, le jeune homme ne put garder son sérieux; quant aux Mexicains, ils ne semblèrent nullement partager l'opinion du Canadien : le Mexicain accepte, les yeux fermés, tout ce qu'on lui présente sous le nom de miracle; mais il n'ajoute aucune foi aux manifestations surnaturelles qui se produisent sans l'intervention d'un saint.

— Moquez-vous de moi tant que vous voudrez, reprit Grandjean, les habitants de Villequier croient aux revenants, et mes compatriotes ne sont pas des imbéciles! Après tout, si le mot de revenant vous choque, remplacez-le par celui de sorcier...

— Les revenants et les sorciers voyagent généralement peu à cheval et n'ont guère l'habitude de se désaltérer aux sources qu'ils rencontrent sur leur route, dit M. Henry; mais laissons de côté cette ridicule discussion, et occupons-nous des apprêts provisoires de notre souper; que nous reste-t-il en fait de provisions?

— Cinq livres de *pinoli* (1) et une tranche de *tasajo* (2), répondit le Mexicain.

— C'est peu, dit le jeune homme.

— Dieu veuille, seigneurie, que nous n'en soyons pas réduits bientôt à regretter cette maigre pitance... ce qui ne peut manquer d'avoir lieu, si vous vous obstinez à poursuivre votre course insensée...

— Silence, interrompit M. Henry d'une voix impérieuse et en regardant fixement le Mexicain, qui baissa les yeux; je hais les observations et ne fais aucun cas des conseils... Ce que j'exige de vous, c'est une obéissance passive!... Je vous paye, vous êtes mes serviteurs; ne l'oubliez pas!...

Une étincelle de colère brilla, rapide comme un éclair, dans l'œil noir du Mexicain.

— C'est bien, seigneurie, dit-il avec un sang-froid glacial qui frisait l'impertinence, je ne l'oublierai pas.

— Grandjean, poursuivit le jeune homme en se retournant vers le Canadien, qui depuis un instant semblait tout pensif, prends ta carabine, et va faire un tour dans la forêt. Il est probable que tu rencontreras quelque pièce de gibier sur ton chemin... Je te confie le soin de notre souper.

(1) Farine cuite de fleur de maïs
(2) Viande desséchée au soleil.

Cette mission, qui n'était pas sans danger, parut plaire au géant; il vérifia avec soin les capsules de son rifle, serra la ceinture de cuir qui lui ceignait la taille, remplit d'eau une gourde qu'il portait suspendue à son côté, et partit presque aussitôt.

Tandis que les Mexicains, après avoir pansé leurs chevaux et les avoir attachés aux endroits où l'herbe était la plus fraîche et la plus abondante, s'occupaient à couper du bois pour entretenir le feu qui devait brûler pendant toute la nuit, M. Henry causait, ou, pour être plus exact, interrogeait Traga-Mescal, car l'Indien était peu causeur de sa nature.

— Ainsi, Traga-Mescal, lui disait-il, tu es bien certain que nous n'avons pas fait fausse route?... bien certain qu'avant quinze jours nous serons arrivés au but de notre voyage... au palais du grand chef des Sables-d'Or?

— A quoi bon ces questions? répondit l'Indien. Si je t'ai trompé lorsque nous nous sommes vus pour la première fois, je ne serai pas assez enfant pour t'avouer maintenant ma trahison... Si mes paroles ont été vraies alors, je ne puis te répéter aujourd'hui que ce que tu sais déjà... On n'interroge pas deux fois un homme sur le même sujet... Je ne suis pas une femme...

— Si tu me trahissais, répéta M. Henry en baissant la voix et d'un ton de menace, malheur à toi!...

— Quel intérêt ai-je à te trahir?

— Aucun... au moins que je sache.

— M'as-tu payé à l'avance?

— Non!

— M'as-tu insulté?

— Non!

— Ai-je à venger sur toi la mort d'un frère ou d'un ami? continua l'Indien, après une légère pause et en accentuant particulièrement cette dernière question.

— Non!

— Non, dis-tu? Eh bien! alors, pourquoi me soupçonnerais-tu?

— Je ne te soupçonne pas, Traga-Mescal, car mes intérêts sont trop les tiens, pour que tu ne désires pas de tout ton cœur me voir réussir; seulement je crains que tes renseignements ne soient faux, que tu ne nous aies égarés!... Plusieurs fois déjà, depuis trois jours, je t'ai vu hésiter sur la direction à suivre.

— Quand a-t-on jamais vu un Seris perdre sa route? dit l'Indien d'un air superbe. Cette forêt, quoique je ne l'aie jamais visitée, ne m'offre pas plus de difficultés que ne m'en présenterait le parcours de ce que vous appelez une ville... Si tu savais que le wigwam d'une personne que tu cherches est situé dans la ville où tu te trouves, tu serais assuré, n'est-ce pas, en prenant des informations aux faux-pâles désœuvrés qui encombrent vos rues, d'arriver jusqu'à ce wigwam?... Il en est de même pour moi. Le soleil, la mousse des arbres, la nature du sol, tout, jusqu'au chant des oiseaux et aux rugissements du tigre, répond à mes questions et m'indique mon chemin!... Si parfois j'hésite, c'est que là où je flaire un danger, je préfère user ma chaussure à aller me heurter contre un obstacle!... L'homme brave, quand il parcourt le sentier de la guerre, évite toute lutte inutile qui pourrait le fatiguer avant qu'il ait atteint son véritable ennemi!... Mais voilà beaucoup de paroles!

Causer dans une forêt, quelque peu fréquentée qu'elle soit, c'est s'exposer à déposer son secret dans une oreille invisible!

Traga-Mescal, après avoir dit ces mots, croisa ses bras sur sa poitrine et s'éloigna d'un pas lent et majestueux, sans paraître se soucier le moins du monde de son interlocuteur.

— Oh! murmura le jeune homme en le suivant à la dérobée du regard, lui aussi m'est suspect! Quelle affreuse position est la mienne! Quel terrible pays est celui-ci!... La mort s'offre de tous côtés à vos regards sous mille formes différentes!... Le fer, le poison, la faim, la soif, la fièvre, tout conspire contre votre existence! Non-seulement le sol que l'on foule à ses pieds fourmille de reptiles, il est en outre semé de trahisons. Avoir à craindre à chaque pas une embûche, ne savoir à qui se fier, n'accomplir qu'avec des précautions extrêmes les actes les plus insignifiants de la vie, c'est une intolérable existence!... Non... non... Au contraire, c'est là vivre, continua le jeune homme, dont les yeux brillèrent subitement d'un sauvage enthousiasme!... Ici, point de sottes lois à craindre, point de ridicules positions sociales à ménager!... L'homme courageux est roi dans le désert! Son indomptable énergie, ses fortes et ardentes passions, que rien ne comprime, se développent à l'aise et prennent librement leur essor!... Ah! si le hasard de ma destinée m'avait fait naître dans le Nouveau-Monde, ma jeunesse ne se serait pas tristement écoulée dans une stérile agitation! Les violences et les hardiesses qui tachent mon passé seraient, au yeux de tous, des titres de gloire!... Les principes de la sotte éducation que j'ai reçue n'obscurciraient pas mon esprit, et je n'aurais pas à subir les nuits d'insomnie fiévreuse qui me torturent! Hélas! c'est en vain que mon orgueil se révolte... Jamais je ne parviendrai à m'affranchir complétement des premières impressions de mon enfance!... Pourtant qui sait, lorsque le succès aura couronné mes efforts, si la joie du triomphe n'ouvrira pas un nouvel horizon à mon intelligence?... Qui sait si je ne foulerai pas dédaigneusement sous mes pieds les pompeux paradoxes inventés par les habiles pour exploiter les niais?... Au reste, mon parti est irrévocablement pris!... Rien ne me fera dévier de ma route; ce que je veux, c'est de l'or, beaucoup d'or! Une souillure magnifiquement dorée ne fait plus tache dans un blason... au contraire : elle en augmente l'éclat!... Tous les plats faquins et les tristes viveurs de Paris, qui, pour s'affranchir de la terreur que je leur inspirais, ont lâchement prétendu qu'il n'était plus permis à un honnête homme de croiser son épée avec la mienne, brigueront l'honneur, lorsque je serai millionnaire, d'être admis dans ma salle à manger pour y glaner les miettes de mon opulence!... Allons, du courage! Je sens en moi un fond d'énergie qui m'assure la victoire! Toutefois, si mes pressentiments sont faux, si je tombe... eh bien! je veux encore que le retentissement de ma chute soit si éclatant, qu'il couvre le bruit de mes erreurs de jeunesse!...

Celui que l'on appelait M. Henry, fit une légère pause, puis, passant à un nouvel ordre d'idées :

— Le point essentiel pour le moment, continua-t-il, soit que je pousse en avant, soit que je retourne sur mes pas, c'est de sortir sain et sauf de la téméraire entreprise dans laquelle je me suis embarqué. Mon entretien avec Grandjean a changé en certitude les doutes qui depuis quelque temps se représentent sans cesse à ma pensée. Il est incontestable que je me trouve à la veille d'une catastrophe ! L'allure impudente de mes Mexicains et les airs dignes et majestueux de Traga-Mescal me sont également suspects. Que m'importe, après tout ! Je ne crains rien de tels adversaires ! M'attaquer de face, ils ne l'oseraient. Me surprendre, ils ne le pourront jamais, je me tiens trop sur mes gardes. Mais s'ils allaient m'abandonner, que deviendrais-je, perdu dans ces immenses solitudes ? Je succomberais fatalement aux atteintes de la soif et de la faim !... Pourquoi m'abandonneraient-ils ? Je leur dois encore une partie de leur salaire ! Et puis Grandjean, lui, malgré sa brutale franchise, et sa rare indifférence, ne suivrait pas ce honteux exemple ! Il me resterait fidèle, non pas par attachement à ma personne, mais par respect pour sa parole. Singulière et bizarre nature que celle de cet homme ! C'est un honnête *condottiere* moderne ; le bravo loyal de la *Prairie*. Tant que l'engagement qui lie son sort au mien ne sera pas expiré, je pourrai compter sur son appui. Seulement, le jour où il redeviendra libre, si quelqu'un le paye chèrement pour m'assassiner, il n'hésitera pas à m'envoyer une balle dans la tête... J'ai eu tort de le brusquer tantôt ; il faudra, au contraire, que je tâche de gagner son affection. Ce Grandjean est un instrument précieux qui peut m'être, dans l'avenir, d'une extrême utilité.

Une détonation d'arme à feu, qui retentit en ce moment dans les profondeurs de la forêt, fit relever la tête à M. Henry et l'arracha à ses pensées.

Pendant quelques secondes, le cou tendu, l'oreille au guet, il écouta attentivement les moindres bruits qui flottaient indécis dans l'air ; il allait reprendre sa promenade, quand un nouveau coup de carabine, répercuté au loin par l'écho, le retint immobile à sa place.

— Bah ! murmura-t-il bientôt, c'est Grandjean qui s'occupe de notre souper... Quelle est la contenance de mes Mexicains ? Ils paraissent inquiets. Ils ne comptent donc sur aucun secours étranger pour m'attaquer... C'est d'eux seuls que je dois me défier... Et Traga-Mescal, où est-il ?... Ah ! le voici. On dirait, à le voir, une statue de bronze. Il dort appuyé contre un arbre, mais un froncement presque imperceptible de ses sourcils, que je ne remarquerais certes pas si je n'étais prévenu, dément ce sommeil si subit. Traga-Mescal me conduirait-il tout bonnement dans une embuscade indienne, et ces deux coups de feu, au lieu de venir de Grandjean, n'auraient-ils pas été plutôt tirés contre lui.

Le jeune homme, après une courte hésitation, arma sa carabine, puis se dirigea vers l'Indien.

— Traga-Mescal, lui dit-il en espagnol et en le secouant rudement par le bras, voici l'instant de déployer cette profonde connaissance des forêts dont tu te vantais tout à l'heure. Tu vas me conduire, sans perdre une seconde, à l'endroit d'où sont partis ces deux coups de feu que tu as dû entendre malgré ton sommeil... Laisse là tes armes... Elles pourraient te gêner dans ta course.

M. Henry achevait à peine de prononcer ces paroles, quand les branches d'un épais buisson, auprès duquel il se trouvait, s'agitèrent violemment, et donnèrent passage à Grandjean.

Le Canadien paraissait fort ému, l'inquiète mobilité de son regard, ses mouvements brusques et saccadés, sa main crispée autour du canon de sa carabine, et par-dessus tout, la pâleur qui, malgré le hâle de son teint, couvrait son visage, permettaient de supposer que la crainte n'était pas étrangère à son émotion.

— Quoi ! déjà de retour... Grandjean ! dit M. Henry ; la chance, à ce qu'il paraît, t'a été favorable !... Qu'as-tu tué ? deux daims ou deux chevreuils ?

— J'ai tiré sur un daim !...

— Où est-il ?

— Je l'ignore !

— Comment cela ?

— Je l'ai vu tomber, mais je n'ai pu le retrouver.

Le jeune homme regarda Grandjean d'un air étonné.

— Si je n'avais pas été témoin cent fois de l'infaillibilité de ton coup d'œil, je prendrais ta réponse évasive pour une mauvaise excuse de chasseur maladroit et vaniteux ; mais, avec toi, une pareille supposition n'est pas possible ! Si tu as tiré sur un daim, tu as dû l'abattre. Comment se fait-il que tu reviennes les mains vides ?

Le Canadien frappa du pied avec violence, puis d'une voix distraite et qui répondait plutôt à ses propres pensées qu'aux questions de son interlocuteur :

— Oh ! si j'avais eu une balle d'argent, grommela-t-il entre ses dents, ce ne serait pas seulement un daim, mais bien le diable en personne que j'aurais rapporté ! Un homme sensé ne devrait jamais s'aventurer dans les forêts de ce damné pays-ci, sans avoir en réserve au moins une couple de balles en argent fondu, et, par surcroît de précautions, bénites ensuite par un curé.

— Qui te fait parler ainsi ?

— Ce qui vient de m'arriver.

— Ah ! et que t'est-il arrivé ?.

— Une aventure que je ne tiens nullement à vous raconter, car vous me traiteriez de fou, et vous refuseriez d'y ajouter foi.

— Qui sait ! moi aussi j'ai mes heures de crédulité. Voyons cette aventure.

— Vous avez entendu deux coups de feu, n'est-ce pas ?

— Oui. Après ?

— Eh bien ! de ces deux coups de feu, un seul a été tiré par ma carabine.

— Et l'autre ?...

— Je ne me charge pas de l'expliquer... Tout ce que je puis faire, c'est de vous rapporter ce qui m'est personnel.

— Dis, j'écoute.

— Je venais à peine d'entrer dans la forêt, poursuivit le Canadien, lorsqu'un daim se leva à environ cent pas de moi. Empêché par les branches de lui envoyer une balle, je me mis à suivre sa piste. L'allure irrégulière et pleine d'abandon de l'animal me prouvait qu'il ne soupçonnait pas ma présence, et qu'il ne fuyait pas mon approche ; j'étais donc certain de le rejoindre, et je le considérais comme une proie assurée. Ce n'était plus qu'une question de temps ? En effet, après quelques nouveaux élans, il s'arrêta au beau milieu d'une espèce de clairière formée sans doute jadis par le concours d'une trombe ; je levai ma carabine et je tirai : l'animal, frappé en plein corps, fit un bond prodigieux et retomba lourdement par terre !...

Sachant que, presque toujours, lorsqu'un daim n'est pas

J'entre en fonctions. (Page 15.)

atteint au cœur, il s'éloigne rapidement et va souvent mourir à une distance considérable de l'endroit où il a été blessé, je m'élançai pour le saisir... A peine vingt pas me séparaient-ils de l'animal, lorsque, effrayé et excité par ma vue, il parvint, par un puissant effort, à se relever et à prendre la fuite. Je me mis à sa poursuite;.. presque aussitôt un coup de feu partit à mes côtés; le daim tomba foudroyé...

— Et qui avait tiré ce coup de carabine? demanda M. Henry.

— Un coup de carabine, répéta Grandjean en levant les épaules d'un air de doute et de pitié, croyez-vous que c'en était un?.. Si je me sers de cette expression, c'est que je n'en trouve pas d'autre pour rendre ce que j'ai entendu... ce que j'ai vu. Riez tant que bon vous semblera, vous ne me prouverez jamais qu'un coup de carabine ne produise ni feu, ni fumée!.. Or, cette fois, c'est ce qui a eu lieu!..

— As-tu au moins visité l'endroit d'où est parti ce coup de tonnerre? Tu vois que je respecte tes préjugés, Grandjean, demanda le jeune homme d'un air moqueur.

— A quoi bon? Je vous répète que c'était tout près de moi; il n'y avait personne.

— Et le daim, qui t'a empêché de le ramasser?

— Je n'y ai même pas songé. C'eût été comme si je voulais essayer d'allumer un foyer au contact d'un feu follet, répondit le Canadien d'un ton de conviction profonde. Croyez-moi, Monsieur Henry, ne vous obstinez pas, par fanfaronnade, à nier la puissance du diable, cela vous porterait malheur !

— Enfin, ce que je vois de plus clair dans tout ceci, reprit le jeune homme, c'est qu'il nous faudra souper ce soir avec notre *tasajo* et notre *pinoli*, car la nuit se fait, et ce serait une imprudence inutile que de vouloir rentrer dans l'intérieur de la forêt. Je regrette, Grandjean, de t'avoir envoyé à la découverte, et de ne pas m'être chargé moi-même de ce soin. C'est un daim que nous y perdons.

— Vous vous figurez donc que ce daim était réellement un daim? dit le géant.

— A moins que ce ne fût un tigre déguisé.

— Vos railleries ne prouvent qu'une chose, monsieur Henry, interrompit Grandjean d'un ton bourru; c'est que l'instruction que l'on reçoit dans les écoles des grandes villes produit des ignorants vaniteux. Un homme qui n'a jamais vécu dans l'intimité de la nature est un sourd qui croit entendre, un aveugle qui s'imagine voir, un bavard qui parle à tort et à travers. Ce que je dis là n'est pas pour vous humilier! Dans quelques années, lorsque vos sens commenceront à se développer, vous reconnaîtrez, avec un étonnement extrême, combien j'avais raison de m'expliquer ainsi que je le fais en ce moment! Dieu veuille pour vous, ce qui est fort douteux, que d'ici là votre triste présomption ne vous soit pas fatale, et ne vous conduise pas à une malheureuse fin!

Le jeune homme avait écouté le Canadien avec une patience et une douceur qui ne lui étaient pas habituelles. Le désir de s'attacher Grandjean motivait cette bienveillance inaccoutumée.

— Brave et savant compagnon, répondit-il en affectant une gaieté presque familière, tout enfant que je suis encore je me sens ce soir un appétit formidable et capable de lutter contre la voracité d'un Indien. Or, mes Mexicains qui achèvent de fumer leur vingtième cigarette, ne songent plus à souper! Si tu ne t'occupes point de mon repas de ce soir, il est probable que tes sinistres prédictions à mon égard ne tarderont pas à se réaliser; demain, l'on me trouvera mort de faim.

Une heure après cette conversation du Canadien et de M. Henry, une nuit sans étoiles enveloppait d'une ombre épaisse la forêt Santa-Clara! Un immense amas de branches mortes et de feuilles sèches, allumé par le Canadien, éclairait de ses flammes inégales et tremblantes la petite troupe des aventuriers, et lui donnait un singulier aspect.

Les branches touffues et serrées des arbres qui s'étendaient, ainsi qu'un impénétrable dôme de verdure, au-dessus du bûcher, condensaient l'éclat de sa flamme, et formaient comme une espèce d'auréole rouge et enfumée d'un bizarre effet!.. Encadrés dans ce rayon lumineux, qui les mettait énergiquement en relief, les aventuriers ressemblaient assez à des créations de légende. Un Européen qui se serait trouvé tout à coup transporté au milieu d'eux, n'aurait pu se défendre d'un mouvement d'étonnement et d'effroi.

Les Mexicains, malgré les fatigues de la journée et les préoccupations du lendemain, jouaient une partie de *monte*. Traga-Mescal était couché par terre; à quelques pas plus loin, et dans l'ombre, Grandjean, appuyé sur sa carabine, veillait à la sûreté de ses compagnons; quant à M. Henry, il se promenait lentement sur le bord de la lagune.

Habitué depuis son enfance à la vie nomade, le Canadien y avait acquis une telle expérience qu'il lui suffisait de déployer une médiocre attention pour être une infaillible sentinelle. A la nonchalance de sa pose, à ses yeux à moitié fermés, à l'abandon de son maintien, celui qui n'aurait pas connu ses remarquables aptitudes, n'aurait pas hésité à l'accuser d'une coupable négligence.

Il y avait à peine dix minutes que Grandjean était de faction, lorsqu'il fut arraché tout à coup à sa demi-somnolence par une vive émotion. Son regard, fixe et ardent, sembla vouloir percer les ténèbres; son corps prit la rigidité du marbre; son souffle s'arrêta dans sa poitrine, et son cœur, phénomène extraordinaire, cessa presque de battre.

Quelques secondes d'une suprême attention fixèrent ses incertitudes; il se courba lentement; puis, malgré sa forte corpulence et l'apparente raideur de ses membres grossièrement musculeux, il se mit à ramper avec la sourde souplesse d'un serpent.

L'arrivée de Grandjean auprès des Mexicains fut si soudaine, qu'elle ressembla presque à une apparition.

— Silence!.. pas un cri... pas une exclamation, leur dit-il vivement et à voix basse, prenez vos armes et tenez-vous prêts à agir. Où est don Enrique?

— Ici, répondit un Mexicain en étendant le bras vers la lagune.

Le Canadien, sans entrer dans aucune autre explication, se dirigea vers l'endroit que lui désignait le Mexicain.

— Monsieur Henry, dit-il en surgissant tout à coup devant le jeune homme, comme s'il sortait de dessous terre, il va y avoir du nouveau... Suivez-moi!..

— Du nouveau, Grandjean? répéta M. Henry d'une voix parfaitement calme. Quoi donc, je te prie? Sans doute le sorcier à la carabine enchantée, qui nous apporte le daim qu'il a tué tantôt en notre honneur et que tu as si sottement dédaigné.

— Cette fois, je vous pardonne votre plaisanterie, dit Grandjean, car elle prouve ou une intrépidité à toute épreuve, ou un amour-propre capable de suppléer à un manque absolu de courage! Dieu veuille que nous n'ayons affaire qu'à des créatures humaines!

Lorsque le Canadien et M. Henry rejoignirent les Mexicains, ils trouvèrent ces derniers en proie à une inquiétude réelle. Traga-Mescal dormait.

— Si mon ouïe pouvait me tromper, dit Grandjean en jetant un rapide coup d'œil sur l'Indien, je croirais volontiers à une surprise des Peaux-Rouges; mais le bruit que j'ai entendu n'est produit ni par l'élan d'un animal ni par le pas d'un Indien. Silence... écoutez!...

Grandjean parlait encore, quand un frôlement de branches éveilla toute l'attention des aventuriers; presque au même moment un sifflement cadencé troubla le silence de la nuit.

— Qui vive? s'écria M. Henry d'une voix vibrante.

— Ami.

— *Quien vive?* reprit un Mexicain.

— *Hombre de paz* (1).

— *How goes there* (2)? demanda Grandjean

— *Friend* (3), répondit la voix.

Grandjean, M. Henry et les Mexicains se regardèrent avec étonnement. Aux trois interrogations qui lui avaient été faites dans trois langues différentes, l'invisible personnage avait répondu, avec une telle pureté d'accent, en français, en anglais, en espagnol, que chacun avait cru reconnaître en lui un compatriote.

— Avancez, et ne craignez rien, reprit M. Henry après un léger silence, vous êtes le bienvenu!

— Parbleu! reprit l'inconnu que l'on n'apercevait pas encore, votre invitation, dont je vous remercie néanmoins, est parfaitement inutile; je vous apporte un excellent sou-

(1) Homme de paix.
(2) Qui va là?
(3) Ami.

per, et je ne demande qu'à me réchauffer à votre feu. Vous avez plus à gagner que moi à cet échange...

L'inconnu sortit alors du milieu d'un buisson où il était engagé, et s'avançant vers les aventuriers :

— Voici ma promesse accomplie, dit-il en jetant par terre un magnifique daim qu'il portait sur l'épaule ; maintenant, c'est à vous de me faire place à votre foyer.

III

JOAQUIN DICK.

L'arrivée, ou, pour être plus exact, l'apparition de ce voyageur nocturne constituait un fait si bizarre, si extraordinaire, que les aventuriers restèrent un moment sans lui adresser la parole. Chacun l'examinait avec une avide curiosité. Sa taille svelte, souple et dégagée, ne dépassait guère cinq pieds trois pouces ; elle indiquait plutôt l'agilité que la force. Son visage ovale avait cette expressive immobilité qui distingue la race asiatique ; on ne devait connaître les passions qui agitaient le cœur de cet homme qu'à leur subite explosion. Quant à son âge, il eût été assez difficile de le préciser ; l'aisance et la légèreté de sa marche indiquaient la jeunesse, mais les rides de son front et certains plis qui, de l'extrémité de ses yeux, s'écartaient en rayonnant jusque sur ses tempes et sur les pommettes de ses joues, disait qu'il avait dépassé la quarantaine.

Son teint, primitivement d'un blanc mat, bruni par le soleil, avait ces tons chauds et riches, particuliers au sang maure et castillan. Ses vêtements étaient ceux d'un pauvre *ranchero*, ou fermier de l'intérieur des terres. Il portait une courte veste et un large pantalon de gamuza ou peau de daim ; au lieu de la *bota vaquera*, une paire de grandes guêtres, en toile épaisse, lui montait jusqu'à mi-jambe. Il tenait à la main une carabine à deux coups, de fabrication anglaise et de très-gros calibre.

Après avoir salué les aventuriers d'une légère et familière inclination de tête, comme s'ils eussent été pour lui d'anciennes connaissances, le nouveau venu avait allumé un cigare, et s'était assis par terre à quelques pas du brasier ; son laisser-aller donnait à penser qu'il ne soupçonnait pas ce qu'il y avait d'étrange dans son arrivée, et qu'il ne se doutait pas qu'on dût lui en demander l'explication.

Ce fut M. Henry qui entama la conversation.

— Mon ami, dit-il en français, comment se fait-il que vous vous trouviez, à cette heure, dans le beau milieu de la forêt Santa-Clara ? Qui êtes-vous, d'où venez-vous ? Êtes-vous seul ou avez-vous des compagnons de voyage ? Quel est votre nom ?

Tandis que le jeune homme adressait ces nombreuses questions au pauvre diable vêtu de gamuza, celui-ci échangeait avec Grandjean un rapide regard. Si M. Henry eût observé en ce moment le Canadien, il se serait difficilement expliqué l'expression de joie contenue que reflétait le visage, ordinairement impassible, du géant. Ce ne fut qu'après avoir humé une longue bouffée de la feuille de tabac gros-

sièrement roulé qu'il tenait entre ses lèvres, que l'inconnu répondit à son interlocuteur :

— Je ne me rends pas compte, dit-il en espagnol, de l'étonnement que vous cause ma présence en ce lieu. Quoi de plus naturel que de rencontrer un chasseur dans une forêt ? Vous désirez savoir qui je suis ? regardez mon costume. Mon nom ? on m'appelle Joaquin Dick... D'où je viens ? je l'ignore ; je traîne mon existence au hasard... Si je suis seul ? oui...

Cette réponse insignifiante et laconique parut causer aux Mexicains une impression profonde : Traga-Mescal entr'ouvrit les yeux, et oublia un instant son rôle de dormeur.

— Quelqu'un de vous connaît-il cet homme dit M. Henry en s'adressant aux Mexicains, dont l'émotion ne lui avait pas échappé.

— Nous connaissons tous sa seigneurie de réputation, répondit l'un d'eux. Qui n'a pas entendu parler de Joaquin, le célèbre *Batteur d'Estrade* ?

Au respect mêlé de crainte avec lequel le Mexicain prononça ces paroles, M. Henry regarda une seconde fois le voyageur nocturne. Joaquin Dick supporta ce nouvel examen d'un air parfaitement indifférent.

— Ne serait-ce pas une indiscrétion, señor, reprit le jeune homme après une pause, que de vous demander qui vous vaut la grande réputation dont vous jouissez, et quelle est cette réputation ?

— Mon Dieu ? señor, répondit Joaquin Dick, mon existence est si solitaire, que quand l'occasion se présente d'échanger quelques paroles avec des êtres humains, je suis loin de la repousser ! Il est si doux de vivre parmi les hommes ! On trouve auprès de ses semblables tant de générosité, de franchise et de charité !...

L'accent indéfinissable avec lequel le Batteur d'Estrade nuança ces mots, tenait tellement le juste milieu entre l'onction et le sarcasme, que M. Henry ne sut auquel de ces deux sentiments il devait les attribuer.

— Ma célébrité, si célébrité il y a, reprit Joaquin Dick, provient de la façon dont j'accomplis ma tâche, dont j'exerce ma profession. Le Batteur d'Estrade, vous ne l'ignorez pas, señor, est l'avant-garde extrême, je pourrais presque dire sacrifiée, de toutes les excursions dans la *Prairie*... Quand part de Saint-Louis, par exemple, ou de tout autre point attenant à la frontière, soit une colonie d'émigrants, soit une troupe d'aventuriers ou de chasseurs, la première chose à laquelle on songe, c'est à se procurer de bons batteurs d'estrades. Du reste, notre mission est si rude, si difficile et si dangereuse, que peu d'hommes sont aptes à la bien remplir. Nous devons pressentir, deviner et déjouer les ruses des tribus ennemies, indiquer la route à suivre, trouver les gués des rivières, pourvoir à la nourriture de ceux que nous escortons, en un mot, éloigner d'eux tout péril ; et si la fatalité se joue de nos efforts et trompe nos prévisions, nous offrir comme premières victimes aux dangers que nous n'avons su où pu éviter ! C'est donc à un certain sang-froid dans les heures suprêmes, à une prompte et presque infaillible appréciation des événements imprévus, enfin à des ressources acquises par une longue expérience, que je dois d'être connu des hardis compagnons qui fréquentent les terres indiennes. Quant à ma réputation, elle est celle d'un homme qui fait bon marché de sa vie, et n'hésite jamais, lorsqu'il s'agit de venger une injure, à se servir de son couteau !

Un silence de près d'une minute suivit ces paroles de Joaquin Dick.

— Joaquin, dit enfin M. Henri, nous reprendrons plus tard ce sujet de conversation, j'ai, pour l'instant, quelques autres questions à vous adresser...

— Et qui vous assure que je daignerai y répondre ? demanda le Batteur d'Estrade en changeant subitement de ton. Ma condescendance à satisfaire votre curiosité vous a nduit, je le vois, en erreur. Vous oubliez, señor, que je ne suis, ni votre compagnon ni votre serviteur ! Ici, dans le désert, la civilisation n'a pas d'écho. La richesse, la naissance et l'éducation ne jouissent d'aucun privilége ! Ici, entre les hommes que réunit le hasard, il n'existe qu'une seule distinction : celle du courage ! Le brave commande, le lâche obéit ! Nous reprendrons plus tard ce sujet de conversation, avez-vous dit?... Savez-vous si, dans une heure, je serai encore auprès de vous. De quel droit disposez-vous ainsi de ma personne et de ma volonté ?

Les Mexicains, qui connaissaient la violence du caractère de M. Henry, espérèrent un instant que la réponse du Batteur d'Estrade donnerait lieu à un orage ; leur prévision ne se réalisa pas.

— Señor Joaquin, répondit froidement le jeune homme, vous vous méprenez étrangement sur mes intentions. Je n'ai jamais songé à attenter à votre liberté. Je veux bien admettre que le prestige qui partout ailleurs s'attache à la richesse, soit ici sans force ; mais je ne croirai jamais que vous soyez sourd à la voix de l'intérêt. la cupidité est un sentiment trop humain, trop puissant, trop indépendant de la civilisatio, pour que vous vous en débarrassiez en franchissant les montagnes Rocheuses. Or, je ne vous cacherai point que j'avais, que j'ai encore le désir de vous attacher momentanément à mon service. C'est donc à l'arrière-pensée de vous faire réaliser un bénéfice, et à la certitude que vous ne me refuseriez pas, qu'il faut attribuer le ton dont j'ai usé vis-à-vis de vous.

Ces explications parurent produire une certaine impression sur Joaquin Dick ; un sourire qu'il eût été, au reste, assez difficile de traduire, éclaira son visage, et ce fut d'une voix adoucie qu'il répondit :

— Caramba ! voilà ce que j'appellerai parler d'or. Oui, señor, vous avez cent fois, mille fois raison, batteurs d'estrades, aventuriers et chasseurs, nous ne sommes jamais insensibles à un lucre honnête. Que ne vous êtes-vous tout d'abord placé sur ce terrain ? Nous nous serions entendus tout de suite. Maintenant me voici prêt à répondre à vos questions... Ne vous gênez pas !...

A la cupide satisfaction montrée par le Batteur d'Estrade, le Canadien Grandjean ne put retenir un mouvement de vive surprise.

— C'est impossible !... je rêve ! murmura-t-il entre ses dents. Bon ! ne voilà-t-il pas que je le juge !... comme s'il était possible de savoir ce que pense ou ce que veut le señor Joaquin !... Il a plus d'esprit dans son petit doigt que moi dans tout mon cerveau ! Que je suis donc joyeux de cette rencontre !

M. Henry ne perdit pas de temps pour mettre à profit la bonne volonté du Batteur d'Estrade, il s'empressa de commencer son interrogatoire.

— Y a-t-il longtemps que vous vous trouvez dans la forêt Santa-Clara ? lui demanda-t-il.

— Huit jours.

— Qu'y faites-vous ?

— Je chasse... J'ai même effrayé tantôt l'un de vos gens, qu'y s'est sottement sauvé à mon approche. Eh, parbleu !... le voici en personne. C'est ce grand corps mal bâti, ajouta Dick en désignant Grandjean.

Le Canadien salua.

— Quel motif a pu vous déterminer à vous aventurer seul dans ces parages, surtout lorsque cette témérité ne devait vous rapporter aucun bénéfice ? reprit M. Henry.

— Votre étonnement prouve, señor, que vous ne m'appréciez pas encore comme je mérite de l'être, dit Joaquin. Pourquoi la célébrité s'attacherait-elle à mon nom, si je ressemblais au commun des hommes ?... Je ne suis pas, je vous le répète, un serviteur vulgaire, mais bien un véritable batteur d'estrade ! C'est encore plus par goût que par nécessité que j'ai choisi ma profession, et c'est avec amour que je l'exerce !... Je n'ai jamais laissé échapper l'occasion d'explorer une solitude, d'étudier un pays inconnu !... Le hasard m'a conduit près du monte Santa-Clara, je me suis empressé d'entrer dans cette périlleuse forêt, réputée imprenable... le succès a couronné mon audace : maintenant, Santa-Clara n'a plus pour moi de mystères !...

— D'où veniez-vous lorsque vous êtes arrivé ici ?

— D'un endroit dont le nom doit vous être inconnu, des bords du *rio* ou rivière *Jaquesila.*

Soit distraction, soit calcul, le Batteur d'Estrade, en prononçant ces mots, se pencha vers le foyer, y prit un tison enflammé et se mit à raviver son cigare à moitié éteint ; il ne put donc pas remarquer le mouvement de surprise, presque de stupéfaction, que la mention de la rivière de Jaquesila causa à M. Henry.

— Maintenant, señor, reprit Joaquin en entrecoupant ses paroles d'ondoyantes bouffées de fumée, daignez m'apprendre de quelle sorte sont les services que vous attendez de moi, et quels bénéfices doivent en être la récompense... Je ne vous dissimulerai pas que ce sujet de conversation me plairait infiniment.

Ce fut après une courte hésitation que M. Henry répondit :

— Señor Joaquin, la langue française vous est-elle familière ?

— Non !... J'ai bien appris et retenu quelques mots de français et d'anglais pendant divers séjours que j'ai faits au Canada, mais je ne possède pas suffisamment ces deux idiomes pour soutenir une longue conversation, et surtout pour discuter une affaire. Employez, je vous prie ; la langue espagnole.

M. Henry jeta un oblique coup d'œil sur les Mexicains ; puis après une nouvelle et presque insaisissable hésitation :

— Mon intention était d'abord de vous entretenir en particulier, Joaquin, dit-il, mais j'ai changé de résolution en songeant au dévouement de ceux qui m'accompagnent. L'attachement que ces braves gens me témoignent mérite toute ma reconnaissance, et ce serait mal agir que de reconnaître leur loyauté par des soupçons. Je m'expliquerai donc devant ces estimables *caballeros*.

L'ironie de ce langage était si flagrante, si peu dissimulée, que les Mexicains la comprirent à merveille ; néanmoins, ils parurent accepter comme réels les compliments moqueurs du jeune homme.

— Quant à vous, Joaquin, continua M. Henry, prêtez-moi toute votre attention, et ne répondez à mes questions qu'après avoir mûrement réfléchi !...

— Parlez, j'écoute !

— Le motif qui m'a conduit dans ces lointains parages est un voyage d'exploration. J'ai besoin, peu vous importe pourquoi, d'étudier et de connaître à fond le vaste département de Sonora et l'immense territoire habité, ou, pour être plus exact, possédé par la puissante tribu des Indiens *Apaches*. Croyez-vous qu'il me soit possible de pénétrer plus avant avec chance de succès ? Je dois ajouter que mes serviteurs manifestent déjà les craintes les plus vives au sujet de notre retour à Guaymas, et déclarent que je commettrais une folie insigne en m'obstinant à poursuivre ma route. Ils prétendent que nous sommes égarés et menacés de mourir de faim. Que me conseillez-vous ? De retourner lâchement sur mes pas, ou de continuer hardiment mon chemin ?

— La façon dont vous venez de formuler votre question indique clairement la réponse que vous souhaitez, dit Joaquin ; mais je vous ai promis la vérité, et je ne dois pas tenir compte de vos désirs. Si, par continuer hardiment votre chemin, vous entendez doubler le golfe de Californie, ou bien vous enfoncer dans l'Apacheria, alors oui, vos serviteurs ont raison de blâmer votre témérité, car ce projet insensé est d'une exécution impossible ! Vous obstiner, ce serait courir à une mort certaine.

— C'est, en effet, l'Apacheria que je veux traverser.

— En ce cas, il est inutile que nous poursuivions notre entretien.

— Pourquoi cela ?

— Parce que je ne saurais plier ma volonté aux caprices d'un fou, répondit le Batteur d'Estrade d'un ton ferme et froid.

— Eh bien ! j'admets pour un instant que mon projet soit inexécutable, dit le jeune homme pensif, que dois-je faire ?

— Regagner au plus vite le point dont vous êtes parti.

— Vous oubliez, señor Joaquin, que nous sommes égarés, et, dans cette position, fuir me présente, avec moins de gloire, les mêmes dangers que pousser en avant.

— Vous êtes égarés ? répéta le Batteur d'Estrade en haussant les épaules d'un air de mépris, allons donc ! qui prétend cela ?

— Mes serviteurs.

— Vos serviteurs sont des drôles qui veulent exploiter votre crédulité, ou bien qui ont l'intention de vous faire tomber dans un piége, répondit tranquillement Joaquin Dick. Je vous jure, moi, qu'ils connaissent parfaitement leur chemin et qu'ils ne seront nullement embarrassés pour regagner Guaymas... Dieu me pardonne ! poursuivit le Batteur d'Estrade sans tenir compte des regards tout à la fois furieux et embarrassés des Mexicains, je n'ai jamais vu une collection plus complète de méchantes figures ! Quelle

singulière idée vous avez eue de choisir de pareils auxiliaires !... Ce sont là tous gens à potence que la loi de *Lynch* ferait brancher, sans même songer à s'enquérir de leurs antécédents, tant ils portent le crime écrit sur leurs visages.

Des murmures menaçants, proférés par les Mexicains assis à terre autour du foyer, accueillirent l'audacieuse réponse du Batteur d'Estrade.

— Qui ose élever la voix quand je parle ? continua Joaquin impassible. Avez-vous oublié mon nom, ou ne connaissez-vous pas la réputation de mon couteau ? Vous vous taisez ?... bien !... Allons, enfants, rassurez-vous... Je n'ai nullement l'intention de vous demander compte du passé... Que m'importent le sang qui tache vos mains, les forfaits qui pèsent sur votre conscience ! Je ne suis pas, moi, le vengeur de la société. Pillez, volez, assassinez, cela m'est on ne peut plus indifférent. Seulement n'exigez pas, lorsque je traite une affaire de nature à me donner un honnête profit, que, par considération pour des bandits de votre espèce, j'use de ménagements préjudiciables à mes intérêts.

Il fallait que la réputation du couteau de Joaquin Dick fût en effet bien glorieusement établie, bien généralement répandue ; car pas un des Mexicains, malgré leur impudence, n'osa donner signe de vie ; ils paraissaient paralysés par la terreur.

— Les propos que vous achevez de tenir, Joaquin, sont, si je les ai bien compris, d'une si haute gravité, dit M. Henry après avoir réfléchi pendant quelques instants, que je veux, afin d'éviter toute erreur, les résumer et les préciser.

— Résumez et précisez, señor, rien ne me presse.

— Vous prétendez, n'est-ce pas, que mes serviteurs connaissent parfaitement leur chemin et qu'ils ne sont nullement égarés ?

— Votre résumé, señor, manque de clarté dès son début. Je n'ai point prétendu, j'ai affirmé.

— Soit, je continue : la comédie que jouent ces gens vis-à-vis de moi constitue à vos yeux une preuve certaine de trahison ?

— Certes !

— Et quel but leur supposez-vous ?

— Votre question, permettez-moi de vous l'avouer, me paraît des plus naïves...

— Celui de m'assassiner ?

— Dame, on n'hérite guère que des morts ! Mais, pardon, señor, poursuivit le Batteur d'Estrade en ne donnant pas le temps au jeune homme de reprendre la parole, à quoi, je vous prie, doit aboutir cette espèce d'enquête ? A une scène de violence ? Vous auriez tort ! vous êtes seul de votre côté ! A une vigoureuse ou sentimentale réprimande ? Ce serait peine perdue ! vous avez affaire à des natures foncièrement vicieuses, à des cœurs entièrement gangrenés ! Je ne vois dans tout ceci rien qui ne soit très-naturel ! Vous, vous avez le goût des aventures périlleuses ; ces braves garçons, eux, ont la passion du vol et de l'assassinat. Chaque homme possède une marotte particulière, obéit à un instinct différent. Croyez-moi, laissez de côté toutes ces récriminations inutiles, et arrivez plutôt à l'affaire dont vous avez à m'entretenir.

Le calme inaltérable du Batteur d'Estrade pendant cette

brûlante explication, la dédaigneuse et égale indifférence qu'il montrait et pour la trahison des Mexicains, et pour les dangers courus par M. Henry, lui donnaient tout naturellement le rôle de médiateur ; chacune des deux parties, assurée de sa neutralité, était disposée à accepter son intervention ; seulement, la contenance des Mexicains était aussi embarrassée, que celle du jeune homme était agressive et provoquante : les premiers cédaient à la peur ; le dernier ne faisait que se rendre à la nécessité et à la raison.

— En effet, señor Joaquin, dit enfin M. Henry, ces gens-là sont indignes de ma colère. A présent, j'arrive à ce qui vous est personnel. Êtes-vous libre en ce moment-ci de tout engagement ?

— Parfaitement libre.

— Bien ! Quelle solde exigeriez-vous pour entrer à mon service ?

— Entrer à votre service ? répéta lentement le Batteur d'Estrade, en accompagnant ces paroles d'un singulier sourire. Qu'entendez-vous, je vous prie, par là ? Me contraindre à servir vos caprices, me rendre solidaire de vos actions bonnes ou mauvaises, ou bien seulement m'imposer une tâche débattue et déterminée à l'avance entre vous et moi ?... Ces questions semblent vous étonner ! Vous avez tort... J'ai pour principe invariable, quand je contracte un engagement, d'être d'une scrupuleuse exactitude à l'accomplir. Il est donc très-naturel que je désire connaître d'une manière positive mes obligations. Et puis mes prix diffèrent selon ce qu'on exige de moi...

— Ce sont moins vos questions que la façon et le ton dont vous me les adressez qui m'étonnent, señor Joaquin !

— Je ne vous comprends pas !

— Votre langage, je ne vous le cache pas, me paraît de beaucoup supérieur à la position que vous occupez dans le monde !

— Votre étonnement, señor, répondit Joaquin Dick, me prouve tout bonnement que vous êtes nouveau venu au Mexique ; car si vous aviez tant soit peu vécu parmi nous, la banale pureté de mon langage ne vous surprendrait pas. Dans notre fantasque et turbulente république, les positions changent si rapidement, qu'il y a peu de Léperos (1) qui n'aient eu ou qui n'attendent leur jour de pouvoir ! Chacun se tient prêt à gérer un ministère ou à conduire une armée. La seule différence qui existe entre le grand seigneur et le pauvre gueux, c'est que le premier est habillé en velours de soie, et le second en velours de coton... à la richesse du costume près, nous sommes tous les mêmes... affables, courtois, hommes du monde, et souvent même gens d'esprit ! Vous souriez ?... je devine votre pensée : vous prenez ma franchise pour de la fatuité ! Votre erreur provient tout bonnement de ce que vous n'êtes pas encore familiarisé avec nos mœurs... Mais, pardon... il se fait tard, et au lieu de songer à nous reposer, nous gaspillons notre temps en propos oiseux !... Si vous voulez bien le permettre, reprenons notre conversation là où nous l'avons laissée ! Qu'attendez-vous de moi, que me demandez-vous ?

— Que vous m'accompagniez à Guaymas.

— Est-ce comme guide, comme compagnon, ou comme escorte ?

(1) Le Lépero est le lazzarone mexicain.

— Comme serviteur, répondit le jeune homme d'un ton bref et qui marquait un commencement d'impatience.

— Voilà un mot bien vague, dit froidement le Batteur d'Estrade. Il y a le serviteur qui assassine son maître et celui qui se sacrifie pour le sauver ; le serviteur probe et le serviteur voleur ; enfin, le serviteur qui ne vole et n'assassine pas lui-même, mais qui ne s'oppose nullement à ce que d'autres dépouillent et égorgent son patron. Or, vous conviendrez que mon salaire doit être en rapport avec la catégorie dans laquelle vous comptez me classer ; voilà pourquoi je vous demande ce que vous désirez de moi.

— Un dévouement à toute épreuve !

— Ah diable ! Alors ce sera cher. Le dévouement est un sentiment plus rare encore que le diamant n'est une chose précieuse.

— Concluons ! Votre prix ?

A cette question du jeune homme, une bizarre métamorphose s'opéra dans la physionomie du Batteur d'Estrade ; son œil voilé et atone s'illumina d'une lueur étrange ; ses traits un peu effacés prirent une indéfinissable expression de fierté et d'ironie, et le laisser-aller de sa pose fit place à un maintien d'une inconcevable dignité.

— Señor, dit-il d'une voix dont le timbre à la fois doux et mordant aurait ouvert un vaste champ aux conjectures d'un observateur, ne vous êtes-vous donc pas encore aperçu que je plaisantais ?... Nous autres batteurs d'estrades, nous ne sommes ni des valets ni des mercenaires... Quand nous entrons dans une expédition, nous prenons notre part des dangers qu'elle présente, des bénéfices qu'elle rapporte ; mais jamais nous ne recevons d'homme à homme un salaire !... Je me rends volontiers à votre prière, je vous conduirai sain et sauf à Guaymas !

Le désintéressement de Joaquin Dick parut contrarier M. Henry ; ses sourcils se contractèrent, un nuage de colère passa sur son front.

— Batteur d'Estrade, dit-il d'un ton de hauteur qui établissait entre l'aventurier mexicain et lui une ligne de démarcation bien tranchée, et toute au désavantage du premier, Batteur d'Estrade, plaisanter avec quelqu'un est le signe d'une égalité que je ne vous reconnais pas le droit de garder vis-à-vis de moi !... Je vous ai prié de me faire connaître vos intentions, mais je n'ai nullement invoqué votre générosité !... C'est un marché que je vous propose, et non un service que je sollicite... Un « oui » suivi d'un chiffre, ou un « non » sans commentaires, voilà ce que je vous demande...

Un nouveau changement s'opéra dans la contenance de Joaquin ; son regard s'éteignit ; sa tête, orgueilleusement rejetée en arrière, s'inclina sur sa poitrine, et ce fut d'une voix traînante et monotone qu'il répondit au jeune homme :

— Señor Enrique, car tel est, je crois, votre nom, vous vous êtes trompé du tout au tout sur mes sentiments ; vous avez attribué à la générosité ce qui, de ma part, n'était qu'un scrupule ! Je tenais à soutenir aux yeux d'un étranger l'honneur de mes confrères ! Maintenant que, de vous-même, sans y avoir été aucunement provoqué, vous insistez sur la question pécuniaire, je ne serai ni assez sot ni assez insensé pour repousser vos avances ! Je ne vous cacherai pas que, de toutes les choses du monde, ce que j'estime le plus, c'est l'argent !

— Bien ! votre chiffre ?

Le Batteur d'Estrade réfléchit un instant avant de répondre.

— Vraiment, señor, dit-il, la fierté que vous venez de montrer vous vaut toute mon estime ! Refuser de me traiter en égal et en compagnon, lorsque votre sort repose presque dans mes mains, est le fait d'un caballero de naissance et de courage. Personne n'apprécie plus que moi les hommes de valeur ! J'entends me montrer digne par ma loyauté de vos grands sentiments.

— Terminons, señor Joaquin !

— Mon intention, lorsque je vous ai rencontré ce soir, était de me rendre moi-même à Guaymas ! Vous escorter, ou, si vous le préférez, vous accompagner jusqu'à cette ville, ne m'occasionnera aucun dérangement ; il ne s'agit donc pas de rémunérer mes fatigues, mais bien de savoir à combien vous estimez votre vie ?... Vous hésitez, vous vous taisez ? Ma foi, señor, quelque tort que puisse me causer ma franchise, je n'hésite pas à répondre moi-même à la question que je viens de vous adresser. Votre tempérament irascible, votre indomptable fierté et, par-dessus tout, votre extrême témérité, vous condamnent fatalement à une fin précoce. Vous sauver aujourd'hui, ce n'est probablement que prolonger de peu de jours le cours de votre existence. Vous me donnerez vingt piastres (cent francs), lorsque nous entrerons à Guaymas, et je me considérerai comme restant votre débiteur.

— Soit ! c'est un marché conclu.

— Un dernier mot. J'exige encore une chose...

— Laquelle ?

— Que vous me laissiez une entière liberté d'allures ; que vous ne me demandiez jamais d'explications...

M. Henry hésitait, lorsque Grandjean, qui depuis l'arrivée du Batteur d'Estrade avait observé un rigoureux silence, prit la parole à son tour :

— Señor, s'écria-t-il en s'adressant à M. Henry, la rencontre de Joaquin Dick est pour nous un vrai bienfait de la Providence ! Je connais beaucoup le señor Joaquin de réputation, et je vous déclare que non-seulement je servirai volontiers avec lui, mais que je lui obéirai même s'il le désire...

Le jeune homme, au lieu de répondre au Canadien, se retourna vers le Batteur d'Estrade :

— C'est entendu, dit-il, je m'en rapporte entièrement à votre loyauté... je ne vous demanderai aucun compte de vos actions.

Joaquin Dick retira alors une cigarette de la poche de sa veste et se pencha vers le foyer ; mais tout à coup, bondissant avec l'impétuosité d'un tigre, il s'élança sur l'Indien Traga-Mescal, toujours endormi.

Un éclair brilla dans l'ombre et un cri de douleur et de rage, presque aussitôt étouffé par un râle, retentit.

— Que faites-vous ? s'écria M. Henry en s'armant instinctivement de sa carabine.

— J'entre en fonctions, répondit froidement le Batteur d'Estrade. Je viens de punir un traître, qui, cette nuit même, devait vous livrer, vous et vos serviteurs, à une horde de Seris !... Eh ! l'ami, continua Joaquin Dick en se retournant vers Grandjean, si votre courage égale votre stature, vous n'êtes pas un compagnon à dédaigner ! Prenez votre rifle et venez avec moi... Il nous faut aller reconnaître la position de l'ennemi.

Le Canadien s'empressa de se rendre à l'invitation du Batteur d'Estrade.

Quelques secondes plus tard, les deux aventuriers entraient et disparaissaient dans l'intérieur de la forêt.

IV

LE BIENFAITEUR DE SON VILLAGE.

Joaquin Dick avait déployé une telle impétuosité dans l'accomplissement de sa sanglante action ; le meurtre du Seris avait eu lieu d'une façon si soudaine, si inattendue, que M. Henry, surpris, malgré sa rare présence d'esprit, par la rapidité de l'événement, laissa s'éloigner le Batteur d'Estrade, sans en exiger d'autres explications que celles qu'il avait bien voulu donner lui-même.

Quant aux Mexicains, groupés comme des oiseaux de proie autour du cadavre de Traga-Mescal, ils s'extasiaient sur la *beauté* de la blessure qui avait causé sa mort.

— Quel magnifique coup de couteau, disait l'un d'eux en croisant les mains d'un air de profonde admiration ! Le cœur, je le parierais, est touché au centre, et pas une goutte de sang n'apparaît au dehors. Il faut avouer qu'il y a des gens bien heureusement doués par la nature. Le señor Joaquin n'a pas volé sa réputation ! Quelle précision !... quelle sûreté de main !

Pendant que l'on rendait ainsi justice à son mérite, le Batteur d'Estrade, suivi par Grandjean, avançait d'un pas sûr et rapide à travers l'inextricable et vigoureuse végétation de la forêt. La marche souple et silencieuse de Joaquin se rapprochait, selon la nature des obstacles qu'il avait à vaincre, de l'allure rampante du serpent ou des fougueux élans du jaguar ; le Canadien, lui, sa lourde carabine d'une main et son large coutelas de l'autre, brisait ou hachait les faisceaux de lianes et les amas de branches qui s'opposaient à son passage ; du reste, malgré sa grande habitude de ces sortes d'excursions, ce n'était qu'avec une peine extrême et au prix d'efforts inouïs qu'il parvenait à conserver à peu près intacte la faible distance qui le séparait de son étrange compagnon.

Après avoir franchi à peu près deux milles, le Batteur d'Estrade s'arrêta, puis, faisant entendre un sifflement plus prolongé que retentissant, il parut écouter avec attention ; presque aussitôt un hennissement de cheval, poussé à quelques pas des deux aventuriers, s'éleva au milieu du silence de la nuit.

— Tout va bien, dit Joaquin, mon brave Gabilan m'apprend qu'il n'a pas eu à se plaindre de l'importunité des tigres, et me demande la permission de terminer son souper. Soit ; rien ne nous presse... nous pouvons attendre... asseyons-nous !

Le Batteur d'Estrade frappa à plusieurs reprises de la crosse de sa carabine une épaisse touffe d'herbes qui entourait le pied d'un arbre, puis se laissa nonchalamment tomber sur ce siège improvisé.

— Seigneurie, dit le Canadien en prenant place à ses côtés, ma confiance en vous est certes illimitée ; toutefois permettez-moi de vous faire observer que siffler ou causer quand on est entouré d'ennemis qui vous guettent, c'est presque appeler la mort !

— Il n'y a pas un Indien à dix lieues à la ronde, mon pauvre Grandjean, interrompit Joaquin d'un ton doucement moqueur. Je me suis servi de ce prétexte vis-à-vis de ton maître, pour qu'il ne songeât pas à s'étonner de la durée de notre absence ; j'ai à t'entretenir assez longuement.

Le Canadien reçut avec une complète indifférence l'assurance qu'aucun danger ne le menaçait ; mais, en revanche, l'annonce que le Batteur d'Estrade désirait avoir avec lui une conversation sérieuse, sembla lui causer autant d'émotion que de surprise.

— Señor Joaquin, dit-il d'une voix dont l'agitation contrastait d'une manière singulière avec sa façon ordinairement lente et monotone de s'exprimer, señor Joaquin, laissez-moi, avant de commencer cet entretien, vous déclarer d'abord une chose... c'est que ma vie, mon cœur et mon *rifle* sont à votre disposition ! Je vous dis ceci, afin que vous ne perdiez pas votre temps à m'expliquer vos intentions !... Je vous appartiens, señor Joaquin, corps et âme ! Avec moi, vous n'avez nul besoin de motiver vos actions : un mot, si vous avez un ordre à me donner, un signe, si vous avez une victime à me désigner, et vous serez obéi ! Aussi vrai qu'il n'y a qu'un Dieu, excepté vous, je n'aime âme qui vive en Amérique ; mais aussi, vous, je vous aime bien ! Ne m'interrompez pas, je vous prie, seigneurie, je suis très-gauche et très-timide en fait de sentiment, et si je ne profite pas de cette occasion pour vous exprimer toute ma reconnaissance, je ne retrouverai sans doute plus jamais le courage d'aborder de nouveau ce sujet...

— Tu as tort de parler de ta reconnaissance, Grandjean, interrompit le Batteur d'estrade, je mérite plutôt ta haine !

— Ma haine ! vous qui m'avez sauvé deux fois la vie ?

— Pauvre intelligence, qui ne comprend pas que vivre c'est souffrir ! murmura Joaquin Dick, pensif.

— Et de quelle manière encore ! continua le Canadien en s'animant de plus en plus à ses souvenirs : de la façon la plus noble, la plus héroïque, car il y a mille manières de sauver un homme ! La soif m'avait jeté délirant et affaibli sur le sol brûlant du désert... Les zopilotes (1), calculant, avec leur féroce et infaillible instinct, la courte durée de mon agonie, commençaient déjà à fouetter de leurs grandes ailes noires mon front baigné de sueur, lorsque la Providence vous conduisit vers moi. Votre gourde était à moitié vide. Le peu d'eau qu'elle contenait fut employé à laver mon visage, à humecter mon gosier en feu. Or, dans le désert, chaque goutte d'eau vaut un diamant ! Mais ce n'est pas tout... Quand votre provision fut épuisée et que je vous suppliai de m'abandonner à mon malheureux sort, de ne pas vous perdre inutilement avec moi, quelle fut votre réponse ? « Sois sans crainte, me dites-vous en souriant, tu auras toujours à boire. » Une lueur brillante et rapide comme un éclair passa devant mes yeux. Je ne compris

(1) Le zopilote est un hideux oiseau de proie, de la grosseur du dindon. On le rencontre partout au Mexique en grand nombre, surtout dans les villes, que sa voracité purge de leurs immondices : aussi est-il défendu de le tuer.

votre généreuse et folle action qu'en vous voyant me tendre votre bras gauche, d'où sortait un filet de sang. Vous veniez de vous ouvrir la veine avec la pointe de votre poignard. Tenez, señor Jocquin, je ne suis ni tendre ni sensible, et il est même possible que je ne sois pas bon ; eh bien ! quand je me rappelle cette aventure du désert, il me prend de véritables désespoirs en songeant que je ne trouverai peut-être pas, dans tout le cours de mon existence, l'occasion de vous prouver mon ardente gratitude.

Grandjean, ému jusqu'aux larmes, fit une légère pause, puis, par un mouvement pour ainsi dire instinctif, il tendit sa rude et large main au Batteur d'Estrade ; mais Joaquin, adossé contre l'arbre au pied duquel il s'était assis, et les bras croisés sur sa poitrine, resta immobile et ne répondit pas à cette amicale invitation.

— Que votre seigneurie me pardonne ma familiarité, reprit le Canadien d'une voix qu'il voulait rendre calme, mais qui malgré ses efforts trahissait une douleur réelle, je ne suis pas un homme des villes, on me l'a déjà reproché aujourd'hui ; je ne sais que brutalement traduire les meilleures pensées de mon cœur...

A l'opiniâtre silence que continua de garder le Batteur d'Estrade, Grandjean leva sur lui un œil inquiet, presque suppliant ; Joaquin, semblable à une statue, n'offrait aucun signe de vie. Son visage, faiblement éclairé par un rayon de lune qui filtrait à travers le feuillage des arbres, présentait l'aspect de la mort.

Le Canadien tressaillit, un indicible sentiment d'effroi s'empara de lui.

— Señor Joaquin, señor Joaquin ! s'écria-t-il en secouant le Batteur d'Estrade par l'épaule, au nom du ciel, répondez-moi !

Au contact de Grandjean, le Batteur d'Estrade tressaillit, et, secouant la tête à plusieurs reprises :

— Mon pauvre garçon, dit-il, si au lieu de nous trouver dans une forêt vierge du Nouveau-Monde, nous étions dans un salon d'Europe, je te devrais d'humbles excuses pour ma distraction, car, je te l'avoue, j'ai, pendant un moment, complétement oublié ta présence ! C'est la faute de ce sempiternel et monotone récit que tu t'obstines à me débiter chaque fois que le hasard nous fait nous rencontrer. Je t'en prie, s'il le faut même, je te l'ordonne, qu'il ne soit plus jamais question entre nous deux de ces vieilles histoires. Je t'ai sauvé par caprice et non par générosité ; le lendemain je serais sans doute passé près de toi sans même daigner m'assurer si tu étais mort ou vivant.

— Mais ce coup de couteau qu'un an plus tard vous reçûtes pour moi, seigneur ?

— Que veux-tu ? Comme tout le monde, j'ai mes heures de faiblesse. C'était justement parce que je t'avais déjà une fois arraché aux étreintes de la soif, que je t'ai disputé ensuite au tranchant d'un couteau. Je n'ai pas voulu laisser détruire une de mes bonnes actions. J'en compte si peu dans ma vie !...

— Non, non, seigneurie ; je ne vous crois pas... vous vous calomniez, s'écria le Canadien avec chaleur. Il n'y a personne sur la terre de meilleur, de plus noble, de plus généreux que vous.

— C'est également mon opinion, dit le Batteur d'Estrade en souriant. Tous les hommes, quand leurs intérêts

J'ai dernièrement brûlé la cervelle à un Américain. (Page 19.)

ou leurs passions ne sont pas en jeu, représentent la parfaite image de la vertu! Mais brisons sur ce sujet!... J'ai des renseignements à te demander sur deux personnes.

— Vous savez, seigneurie, que je suis entièrement à vos ordres!... Quels sont ces deux personnages?

— Toi et ton maître actuel.

— Moi et M. Henry! s'écria le Canadien sans essayer de cacher son étonnement.

— Oui, et je commence par toi. Jusqu'à ce jour, Grandjean, je n'ai jamais songé à m'informer ni qui tu es, ni de ce que tu fais; je sais ton nom, voilà tout.

— Hélas! c'est vrai, seigneurie, interrompit tristement le Canadien.

— Si ma pensée ne t'a pas suivi, continua le Batteur d'Estrade, au moins t'ai-je donné la preuve que je ne t'avais pas complétement oublié. Ne t'ai-je point fait parvenir, jusqu'aux endroits les plus reculés où te conduisait ta nomade étoile, les lettres qu'on t'adressait d'Europe, soit à Guaymas, soit à San-Francisco?

— J'en conviens, seigneurie. Je me suis même demandé bien souvent comment il vous était possible de me découvrir là où j'ignorais moi-même la veille que je me trouverais le

I⁽ᵉ⁾ s.

lendemain. Les allures bizarres de vos messagers, qui arrivaient toujours inopinément, comme s'ils sortaient de dessous terre, et s'éloignaient sans me répondre, n'ont pas peu contribué non plus à exciter ma curiosité. J'ai eu beau me torturer l'imagination, il m'a été impossible de soulever le voile qui cache votre véritable puissance.

— Ma puissance! Grandjean, répéta Joaquin Dick d'un air moqueur.

— Oui, seigneurie, votre puissance, reprit le Canadien d'un ton de profonde conviction... Oh! señor Joaquin, il est inutile que vous essayiez de me donner le change... Défendez-moi de communiquer mes réflexions à qui que ce soit, et je serai muet comme une tombe; ordonnez-moi de mentir, et pour vous obéir, je mentirai; mais ne me demandez pas que j'essaye de me tromper moi-même... je n'y saurais parvenir! Oui, seigneurie, je vous le répète, votre modeste profession, j'en suis persuadé, n'est pas en rapport avec votre position réelle!

— J'étais loin de supposer que ta rude enveloppe cachât une aussi brillante imagination, dit Joaquin Dick; et sur quels indices, sur quelles preuves appuies-tu ton extravagante croyance?

2

— Des preuves positives, certaines, je n'en ai pas, seigneurie ; mais les indices abondent.

— Vraiment ! Et quels sont-ils ?

— Par exemple : les plus vieux et les plus sages trappeurs, lorsqu'on les interroge sur votre compte, secouent la tête d'une façon mystérieuse, regardent tout autour d'eux, comme s'ils craignaient qu'un personnage invisible n'assistât à l'entretien, et gardent le silence. De temps en temps aussi les échos du désert répètent votre nom ? A quels événements s'est trouvé mêlé le célèbre Batteur d'Estrade ? Nul ne le sait au juste ; mais ce qu'il y a de certain, c'est qu'un grand triomphe ou une épouvantable catastrophe a eu lieu, et que les mains du señor Joaquin Dick ont versé le sang ou se sont plongées dans l'or !...

A cette réponse du Canadien, Joaquin haussa les épaules d'un air de pitié.

— Le mensonge règne dans les villes, dit-il, et l'exagération au désert ! La vérité n'est nulle part ; quelques combats et quelques duels heureux soutenus contre les Indiens et les yankees ; quelques poignées de pépites d'or ramassées par hasard le long de mon chemin ont suffi, à ce qu'il paraît, pour faire de moi un être fantastique, presque surnaturel ?... Soit !... Que l'on croie ce que l'on voudra ; je ne prendrai certes pas la peine d'accréditer ou de détruire ces contes absurdes : je tiens si peu à l'opinion des hommes !...

Il y avait dans la parole du Batteur d'Estrade un tel accent de vérité, que Grandjean se sentit ébranlé dans sa conviction.

— Du reste, poursuivit Joaquin après une pause de quelques secondes, il ne s'agit pas, en ce moment, de ma très-humble personne, mais bien de toi... Ta patrie est la France, n'est-ce pas ?

— Oui, seigneurie, répondit Grandjean, après une courte hésitation.

— Dans quelle province es-tu né ?

— Dans quelle province je suis né ? répéta machinalement le Canadien, du ton d'un homme qui cherche à gagner du temps.

— Eh bien ! j'attends.

Grandjean dût faire un violent effort sur lui-même pour obéir ; sa langue semblait paralysée.

— Je suis né en Normandie, à Villequier, murmura-t-il d'une voix à peu près inintelligible, et tandis qu'une rougeur de brique envahissait son front et ses joues hâlés par le soleil.

L'embarras du Canadien était manifeste, évident.

— Pourquoi, diable ! te troubles-tu ainsi ? lui dit Joaquin, ma question n'a pourtant rien de bien terrible.

— Je suis troublé, seigneurie, parce que je mens et que je ne sais pas bien mentir, s'écria Grandjean en prenant bravement son parti ; je suis né à Québec, au Canada.

— Ah !... Et quel motif t'a fait choisir le fatigant et périlleux état de chasseur, pire encore : de chercheur d'aventures dans le Noûveau-Monde ? As-tu obéi à un goût personnel, ou bien à une nécessité de position ? N'y avait-il plus de sécurité pour toi au Canada ?

— Je n'ai jamais eu aucun démêlé avec la justice anglaise, seigneurie. Quant à courir la chance d'être quotidiennement mordu par un serpent, scalpé par un Peau-Rouge, ou riflé par un Américain, cela n'a rien de bien agréable, et je

ne comprends pas qu'il y ait des gens qui, après avoir amassé une petite fortune, continuent, de gaieté de cœur, à s'exposer à de semblables hasards... Si j'étais riche, je ne resterais pas vingt-quatre heures de plus dans ce triste pays...

Grandjean poussa un bruyant soupir ; Joaquin se mit à sourire, puis après avoir laissé tomber sur son interlocuteur un regard empreint tout à la fois de tristesse et de mépris, il continua :

— Ainsi, c'est l'amour de l'or, la cupidité, pour appeler les choses par leur nom, qui te retient dans une carrière embrassée avec répugnance et suivie avec ennui ? Le contraire m'aurait étonné. Les hommes, à quelque classe de la société qu'ils appartiennent, se ressemblent tous par le fond ; ils ne diffèrent entre eux que par la forme !... Et dis-moi, Grandjean, si la fortune venait frapper un jour à la porte de ta tente, que ferais-tu de ses dons ?... N'en serais-tu pas embarrassé ?...

— Oh ! que non ! s'écria le géant avec explosion.

— Tu pourrais te tromper ! Aimes-tu le luxe ?

— Le luxe ! ma foi, ce mot s'est si rarement présenté à ma pensée, que j'en ai oublié la signification !

— Tes rêves te conduisent-ils près de ces belles et fières Américaines dont les touristes européens chantent si naïvement les vertus ?

— Lorsque je rêve, et cela m'arrive bien rarement, je poursuis des daims, j'évite une embuscade ou je loge une balle dans la tête d'un yankee.

— Alors il faut te ranger dans la catégorie de ces malheureux plus à plaindre qu'à blâmer, qui subissent, véritable maladie, l'influence de l'or et l'aiment pour lui-même : le contact d'une pépite doit te donner la fièvre ?...

— L'or me plaît assez comme métal, mais je lui préfère le plomb ou le fer. Avec l'or on ne confectionne rien d'utile ; avec le fer on forge des canons de carabine, on fabrique des couteaux ; le plomb sert à fondre des balles... Permettez-moi d'ajouter, seigneurie, que votre interrogatoire, au lieu de vous apprendre quelque chose sur mon compte, n'a eu, jusqu'à présent, d'autre résultat que de vous induire en erreur.

Le ton de franchise que mit le géant dans cette réponse sembla surprendre Joaquin, et amena dans son œil intelligent un commencement de curiosité.

— Puisque je t'interroge si maladroitement, dit-il, il est inutile que je poursuive, je te cède la parole. Raconte-moi, le plus brièvement possible, ton passé jusqu'à l'époque où tu es entré au service de M. Henry ; une fois-là, je verrai s'il est nécessaire que je recommence mes questions.

— Qu'il soit fait en tout selon vos désirs, seigneurie ! néanmoins je crois devoir vous avertir que ce récit ne vous offrira rien de bien curieux.

— Pas de préambules, au fait !

— Je possède une nombreuse famille, reprit Grandjean ; mais, de tous mes parents, je n'ai connu que mon père et ma mère. Mon père, lorsque arriva la révolution de 93, était le principal garde-chasse des seigneurs de Villequier. La rigidité qu'il déployait dans l'accomplissement de ses devoirs, la dureté de son caractère et son opiniâtreté invincible, lui avaient suscité beaucoup d'ennemis parmi les braconniers du canton ; aussi voulut-on le traiter en grand seigneur, c'est-à-dire l'accrocher à une lanterne!... Vaincu par les prières de sa femme ou dominé par la peur, mon père prit passage sur un navire en partance pour le Canada, et arriva sain et sauf à Québec. Je naquis une dizaine d'années plus tard. De mon enfance, je ne vous dirai rien, si ce n'est que ma mère, brave Normande de cœur et d'âme, me berça au bruit des chansons de son pays, et que le premier mot qu'elle m'apprit à bégayer fut celui de Villequier! Mon père, soit qu'il y eût été contraint par la nécessité, soit plutôt qu'il eût choisi cette carrière de préférence à toute autre, parce qu'elle se rapprochait de sa condition passée, s'était établi trappeur! Ma mère resta seule chargée de mon éducation; et Dieu sait que cette tâche ne lui donna pas grand mal! Elle m'envoyait chaque matin à une école gratuite; puis, le soir venu, elle me faisait asseoir à côté d'elle, et me racontait jusqu'à une heure avancée de la nuit des histoires du pays. Elle me disait les légendes, les coutumes, les mœurs de sa chère Normandie; je dois ajouter que je l'écoutais avec un extrême plaisir! « Mon fils, me répétait-elle chaque fois en terminant, n'oublie point que si le hasard t'a fait naître à Québec, tu n'en es pas moins un enfant de Villequier! »

Un soir, à mon retour de l'école, je trouvai ma mère dans un état d'exaltation extraordinaire. J'avais alors dix ans. « Louis, me dit-elle, sans me laisser le temps de la questionner, j'ai reçu une lettre du pays... — Une lettre du pays? répétai-je avec un fort battement de cœur! Quel bonheur! montrez-la-moi! — Tu vas mieux faire que la voir, tu vas me la lire tout haut, me répondit-elle. » Jamais je n'oublierai, dussé-je vivre cent ans, la confusion et le désespoir que me causèrent ces paroles!... Depuis quatre ans que je fréquentais l'école, je n'avais pas encore su vaincre les difficultés de l'alphabet... je ne connaissais que les dix premières lettres. En revanche, je boxais mieux qu'un Anglais, je luttais comme un Français, et je n'aurais pas craint de disputer un prix au *rifle* avec un tireur kentuckien! Je dus faire à ma mère l'aveu de mon ignorance. « Quel malheur, me dit-elle, que tu ne saches ni lire ni écrire; nous aurions pu causer avec les amis de *là-bas*.

Le lendemain, j'arrivais le premier à l'école; le soir, je savais toutes mes lettres; un an après, j'écrivais un peu moins mal que je n'écris aujourd'hui. A partir de ce moment, ma vie, grâce à mes nouveaux talents, se passa plus souvent à Villequier qu'à Québec. J'entretins une correspondance quotidienne avec les nombreux parents et amis de ma famille. Cela dura pendant deux ans, c'est-à-dire jusqu'à la mort de ma mère. Rien ne me retenant plus à Québec, je me mis en route pour rejoindre mon père, alors campé sur la frontière américaine. J'appris, pendant mon voyage, qu'il avait été tué, il y avait un mois, dans une querelle avec des yankees. Ma première intention fut de retourner en France, en Normandie; mais une fausse honte, dont je m'applaudis aujourd'hui, m'empêcha d'exécuter mon projet. Il me répugnait de revenir dans ma famille comme un gueux... Ils croiront, pensai-je que c'est la misère qui me ramène à eux. Je restai. Depuis cette époque jusqu'à ce jour, ma vie ne présente rien de bien remarquable et qui vaille la peine d'être raconté, à vous surtout, señor Joaquin, qui connaissez mieux que personne au monde les incidents dont se compose l'existence des aventuriers du Nouveau-Monde. J'ai couru beaucoup de dangers, risqué souvent ma tête et tué pas mal de Peaux Rouges et de yankees! Mon seul bonheur, l'unique but de tous mes travaux, est de venir en aide aux *pays* qui ne sont pas heureux! Les lettres que je reçois de Villequier m'apprennent que l'on y parle souvent de moi et que l'on y attend mon retour, je voulais dire mon arrivée, avec une vive impatience. Du reste, je vous le répète, je fais de mon mieux pour être agréable aux amis. J'ai eu, l'année dernière, la joie de pouvoir offrir une cloche à l'église et de faire réparer l'école des enfants; il ne se passe guère de mois que je ne sois parrain par procuration; je donne des conseils aux maris qui se dérangent; je gronde les femmes coquettes, quelquefois aussi, je paye à un jeune gars amoureux et tombé au sort un remplaçant pour l'armée. Au total, et quoique des milliers de lieues me séparent de Villequier, c'est presque pour moi tout comme si j'y demeurais! Je compte bien, si par le plus grand des hasards j'arrive à la richesse, mourir au village et être enterré dans le cimetière du presbyère, au milieu de mes parents et de mes amis.

Le Batteur d'Estrade avait écouté le récit de Grandjean avec une attention soutenue. A plusieurs reprises une marque d'étonnement avait plissé son front et une lueur de sensibilité brillé dans ses yeux.

— Vraiment, mon brave compagnon, dit-il, je ne m'attendais nullement à ce que je viens d'entendre! Je te croyais brutal, violent, vindicatif, âpre au gain et prompt à te servir de ton couteau ou de ta carabine! J'étais loin de me douter que tes formes peu avenantes cachassent une aussi exquise sensibilité! Caramba! je ne conçois réellement pas comment, avec cette nature d'agneau, tu as pu parfois te décider à employer ton *rifle* et à verser le sang de tes semblables!

— Moi, sensible, seigneurie! s'écria Grandjean en riant d'un gros rire, vous voulez sans doute vous divertir à mes dépens? J'ai trop vécu dans la violence pour que la vue du sang me cause la moindre émotion. J'ai dernièrement brûlé la cervelle à un Américain qui se refusait à me payer une piastre qu'il me devait. Je me serai mal expliqué, ou vous ne m'avez pas compris. En dehors de mes pays de Villequier, vous toutefois excepté, je n'aime âme qui vive au monde. Les yankees comme les Mexicains sont, à mes yeux, des bêtes malfaisantes que je tue, quand l'occasion s'en p ésente, sans la moindre pitié.

— Voilà un correctif qui rend compréhensibe et vraisemblable le côté par trop bienveillant de ton caractère, s'écria Joaquin. Vertueux en Normandie, où tu n'as jamais mis les pieds, et bandit en Amérique, où tu te trouves, tu sais garder ta personnalité sans enfreindre les lois de la nature. Quant à ton attachement pour tes pays, je l'accepte fort volontiers, et je m'en rends aisément compte... Tu n'as pas encore vécu parmi eux... A présent que tu m'as appris ce que je désirais savoir sur ton compte; prête-moi de nouveau toute ton attention. Je recommence mes questions. Où as-tu rencontré M. Henry? Quel est son nom de famille? Pourquoi et comment es-tu entré à son service!... La nuit s'avance; sois bref dans tes réponses.

— J'ai connu M. Henri à San-Francisco, et nous nous sommes rencontrés ensuite à Guaymas. J'ai dû l'avoir entendu appeler par son nom: mais ce nom, je l'ai oublié! Je sais seulement que les Français établis en Californie le désignaient par un titre de noblesse... comte ou duc... je ne sais pas lequel... car je ne me connais guère à ces choses-là !.. C'est M. Henry qui m'a proposé de l'accompagner dans une excursion qu'il allait entreprendre, et j'ai accepté son offre afin de commencer la dot qui doit servir à marier ma cousine et payse Jacqueline Lefort à mon pays Jean Ledru, le fils du meunier !...

— Quelle était, à San-Francisco, la réputation de M. Henry?

— Il m'est impossible de répondre à cette question, seigneurie, et par une raison bien simple, c'est que personne n'aurait osé dire hautement à San Francisco ce qu'on pensait de M. Henry.

— Pourquoi cela?

— Parce que tout le monde avait peur de lui.]

— Il est donc bien terrible, ton maître.

— Je l'ignore; je puis seulement vous assurer qu'il es doué d'une merveilleuse force corporelle et d'une adresse peu commune.

— Et toi, quelle est ton opinion?

— Moi, seigneurie, je le crois aussi brave qu'il est fort, et aussi méchant qu'il est brave!

— Un dernier mot!... N'as-tu aucun soupçon sur le but de l'expédition entreprise par ton maître?

— Aucun, seigneurie.

— Jamais la pensée ne t'es venue de te demander où il te conduisait?

— Jamais!.. Ça m'est si égal d'aller par-ci ou par-là! Du moment que l'on me paye mes pas, tous les endroits me sont indifférents.

— Eh bien! veux-tu que je t'apprenne, moi, où te menait ton maître?

— Dites, seigneurie.

— Il te menait à la mort!

Cette révélation ne produisit aucune impression sur le géant.

— Bah! seigneurie, dit-il tranquillement; ce ne serait pas chose aussi aisée de me tuer que vous semblez vous l'imaginer. Que cette expédition eût abouti à une bataille, cela ne m'aurait que peu surpris... Mais rien ne prouve que j'aurais succombé dans l'action.

— Et moi, je te jure que oui!

— Dame! pourtant, jusqu'à présent...

— Jusqu'à présent, tu n'as jamais servi de cible au point de mire de mon *rifle*, interrompit froidement le Batteur d'Estrade.

— Quoi! seigneurie, s'écria vivement le Canadien, l'expédition de mon maître était donc dirigée contre vous?

— Oui.

— Ah! le misérable! voulez-vous que...

Grandjean s'arrêta.

— Achève, dit Joaquin.

— Mille millions de furies! je suis lié par ma parole... Je ne m'appartiens pas en ce moment, reprit le Canadien avec violence. Oui; mais bientôt nous serons de retour à Guaymas... et alors...

— Alors tu te tiendras à ma disposition, dit le Batteur d'Estrade, et je te ferai gagner la dot qui doit servir à ma-

rier ta cousine Jacqueline Lefort avec ton pays Jean Ledru, le fils du meunier.

٧

L'AVERTISSEMENT.

Un assez long silence suivit la révélation du Batteur d'Estrade. Grandjean essayait de mettre un peu d'ordre dans ses idées, étrangement troublées par ce qu'il achevait d'apprendre, et Joaquin Dick, retombé dans une nouvelle rêverie, semblait avoir oublié, pour la seconde fois, la présence de son compagnon.

Ce fut le Canadien qui, le premier, renoua la conversation.

— Seigneurie, dit-il, vous m'avez causé tout à l'heure une si vive surprise, que, pendant un instant, j'ai été comme ahuri. A présent que mon esprit est un peu remis de ce choc, je vous demanderai la permission de vous adresser à mon tour une question.

Joaquin Dick releva sa tête inclinée sur sa poitrine, et regardant d'un air distrait son interlocuteur :

— Parle; lui dit-il.

— Comment se peut-il que M. Henry soit votre ennemi et qu'il ait entrepris une expédition contre vous? Avant notre rencontre de ce soir, il ignorait votre nom et n'avait jamais vu votre visage!

— Je n'ai point pour habitude, Grandjean, de discuter une chose que j'ai commencé par affirmer.

— Au fait, c'est juste, seigneurie! Eh bien! puisque mon maître est votre ennemi; pourquoi, en ce cas, l'avez-vous averti de la trahison que les Mexicains tramaient contre lui? C'était si simple de le laisser assassiner!

A l'air préoccupé du Batteur d'Estrade, il était aisé de deviner qu'il n'écoutait plus le Canadien.

— Dis-moi, Grandjean, s'écria-t-il, as-tu remarqué la carabine que porte ton maître?

— Oui, seigneurie, je l'ai remarquée et admirée.

— Quelle espèce d'arme est-ce?

— Une arme à deux coups, d'une exécution, d'une solidité et d'une portée merveilleuses...

— Son calibre?

— Un calibre exceptionnel et très-fort : douze balles à la livre.

— Et les balles dont se sert ce M. Henry n'ont-elles rien de particulier, ni qui les distingue des projectiles ordinaires?

— Je vous demande pardon, seigneurie, ces balles sont garnies d'une pointe en acier.

— Ah! très-bien !.. je ne m'étais pas trompé, murmura Joaquin; puis élevant la voix :

— Ton maître, il y a de cela aujourd'hui huit jours, n'est il pas resté pendant quelques heures en arrière de son escorte?

— Cette circonstance est entièrement exacte, seigneurie; seulement je me demande comment il peut se faire que vous en soyez instruit :

— N'as-tu pas entendu, pendant cette absence, un coup de feu?..

— Oui, señor Joaquin, c'est encore vrai, dit le Canadien, de plus en plus étonné. M. Henry, que j'interrogeai plus tard à ce sujet, me répondit qu'il avait tiré sur un buffle, et qu'il l'avait manqué... Pourtant, ses vêtements étaient tachés de sang...

— De mieux en mieux!

Mais, seigneurie...

— Partons! interrompit brusquement le Batteur d'Estrade; Gabilan doit avoir fini de souper, et moi j'ai appris tout ce que je voulais savoir!... Ah! une recommandation : n'oublie point d'être très-circonspect avec moi pendant toute la durée de notre voyage; je tiens essentiellement à ce que ton maître ne sache rien de nos relations passées!

Le Batteur d'Estrade se leva de dessus la touffe d'herbe où il était assis, et se remit en route; Grandjean l'imita, sans se permettre la moindre observation.

Joaquin Dick ne s'était pas trompé en prétendant que Gabilan avait dû terminer son repas; car, au premier coup de sifflet qu'il donna, l'intelligent animal accourut auprès de lui.

Les *gentlemen-riders* d'Europe, ces juges omnipotents dont les arrêts sont sans appel dans les questions hippiques, non-seulement ne connaissent pas le cheval, mais ne se doutent même pas des qualités et des aptitudes morales que possède ce noble animal.

Le pur sang anglais est, certes, une merveilleuse et puissante machine humaine, une admirable locomotive vivante, mais rien de plus. Les soins empressés et pour ainsi dire mathématiques dont il est l'objet; sa vie monotone et dénuée de tout accident, empêchent le développement de son intelligence; il grandit, court, gagne des prix et meurt sans avoir jamais réellement vécu; il n'a que fonctionné.

C'est tout le contraire qui a lieu pour le cheval mexicain de l'intérieur des terres. Élevé en plein air, en toute liberté sans avoir jamais eu à subir l'humiliation et le confort de l'écurie, il gagne sa nourriture à la pointe de son sabot, et ne doit sa sécurité qu'à sa ruse et à sa vigilance. Plus tard, quand sonne pour lui l'heure fatale de la servitude, c'est fier et frémissant d'indignation qu'il accepte la lutte; les énervantes études du manége ne l'ont pas habitué graduellement à subir le contact de l'homme : aussi n'a-t-il pas à craindre d'être destiné à flatter l'amour-propre d'un fastueux parvenu; il n'appartiendra qu'à un véritable cavalier : son vainqueur seul sera son maître.

Le respect instinctif qu'éprouve le cheval mexicain pour l'homme qui a su le dompter, ne tarde pas à se changer en reconnaissance, quand il s'aperçoit que celui-ci, au lieu de le traiter comme un vil esclave, lui laisse une grande partie de sa liberté. Peu à peu la généreuse bête devient l'ami dévoué de son maître, vivant de sa vie, s'associant à ses dangers, partageant sa gloire et ses malheurs.

Aussi fût-ce par une affectueuse caresse que Joaquin Dick accueillit son compagnon Gabilan, qui se mit à hennir de joie, et embrassa délicatement du bout de ses grosses lèvres la joue du Batteur d'Estrade.

— Brave et bonne bête! murmura Grandjean presque attendri.

Le Canadien, s'il considérait les Américains et les Mexicains comme des bêtes malfaisantes, ainsi qu'il le déclarait naguère à Joaquin, ressentait en revanche une sincère sympathie pour les chevaux du Nouveau-Monde. Après ses pays de Villequier, ils étaient les seuls êtres humains, disait-il, qu'il aimât.

Lorsque les deux aventuriers atteignirent les abords du campement, un « *Qui vive?* » sonore, prononcé en espagnol, leur apprit que M. Henry et ses gens faisaient bonne garde.

— Eh bien! señor Joaquin, demanda le jeune homme, qui s'était avancé à la rencontre du Batteur d'Estrade, quel est le résultat de votre excursion?

— Que nous pouvons dormir cette nuit sans inquiétude, répondit Dick en étendant flegmatiquement son zarape par terre, à quelques pas du foyer.

— Et l'ennemi?...

— Ah! permettez, señor, interrompit Dick en français voici que vous manquez déjà à nos conventions.

— Comment cela?

— En m'interrogeant lorsque je vous manifeste le désir de me taire.

Le jeune homme fronça le sourcil, puis après un moment de silence :

— Vous êtes dans votre droit, Joaquin, dit-il; après tout, le laconisme chez un serviteur ne me déplaît pas. Veillerez-vous cette nuit?

— Je veille toujours, répondit le Batteur d'Estrade en se couchant sur son zarape.

— Même quand le sommeil engourdit vos facultés et abat vos paupières.

Joaquin avait déjà fermé les yeux; il ne répondit pas.

Le reste de la nuit se passa sans qu'aucun incident, ainsi que l'avait prédit le Mexicain, troublât la sécurité des voyageurs.

Une heure environ avant que le jour n'éclairât l'horizon, la petite troupe des aventuriers pliait ses bagages et se remettait en route, laissant derrière elle le cadavre de Traga-Mescal.

Le Batteur d'Estrade remplaçait l'indien Seris dans son rôle d'éclaireur et de guide : c'était avec une habileté extrême et égale au moins à celle déployée par Traga-Mescal, qu'il s'acquittait de ses fonctions. On eût dit que les obstacles disparaissaient devant lui à mesure qu'il avançait; Gabilan, la bride flottante sur le cou, secondait les efforts de son maître avec une inconcevable sagacité.

Le soleil, à son zénith, versait ses rayons de plomb fondu sur les cimes flétries des arbres; pas un souffle d'air n'agitait les feuilles; tout semblait mort dans la nature, lorsque Joaquin mit pied à terre.

— Señor Enrique, dit-il, voici l'heure de la sieste. Désirez-vous que nous nous arrêtions? Les chevaux n'avancent plus qu'avec peine; un peu de repos leur est nécessaire.

— Pas plus nécessaire qu'à nous, répondit le jeune homme! j'ai, moi, la gorge et la tête en feu!

— C'est, en effet, un rude apprentissage que celui de chercheur d'aventures, dit froidement le Batteur d'Estrade; j'ai connu plus d'un cœur audacieux, enfermé dans une poitrine de fer, qui a cessé de battre en s'obstinant à cette terrible tâche!...

— Mais vous, Joaquin, n'êtes-vous point fatigué ?

— Hélas! señor, la fatigue n'a point prise sur mes nerfs !

— Pourquoi dites-vous : hélas !

— Parce que la fatigue conduit au sommeil, et que le sommeil donne parfois l'oubli !..

— Vous avez donc besoin d'oublier? demanda M. Henry en regardant fixement le Batteur d'Estrade.

Joaquin soutint avec une parfaite insouciance la fixité de ce regard, ou, pour être plus exact, il sembla ne pas le remarquer.

— Croyez-vous, señor, qu'il existe un homme doué d'assez de résignation et de confiance pour pouvoir songer sans regret à sa jeunesse passée, et envisager sans effroi son avenir? Quant à moi, lorsque je réfléchis aux ennuis de ma condition présente et aux épreuves qui, selon toutes les probabilités, pèseront sur ma vieillesse, je désirerais ne plus appartenir au monde.

— Joaquin, dit M. Henry en baissant la voix, vous prenez mal votre temps pour vous plaindre !

— Je ne vous comprends pas.

— Le hasard, en vous plaçant sur ma route, pourrait bien avoir assuré votre avenir!

— Quelle belle chose que la jeunesse, dit lentement le Batteur d'Estrade ; à cet âge de bonheur et de folie, on croit à tout, on ne doute de rien !.. Me promettre protection lorsque vous êtes vous-même sur la route de l'aventure !.. Votre audace, señor, je n'en doute pas, est grande ; votre sang ardent et impétueux, vos qualités sont, je l'admets, des plus remarquables ; mais n'oubliez pas que vous foulez en ce moment sous vos pieds un sol fertile en accidents et parsemé de tombes ignorées et sanglantes !

— Oui, c'est possible ! mais ce sol regorge d'or, interrompit le jeune homme avec un fébrile enthousiasme.

Un sourire d'évidente satisfaction entr'ouvrit les lèvres du Batteur d'Estrade.

— Oh ! murmura-t-il, comme ils sont bien tous les mêmes.

— Joaquin, reprit M. Henry après un assez court silence, ne m'avez-vous pas raconté hier que vous revenez de la rivière de Jaquesila ?

— Vous rappeler ce nom que j'ai laissé tomber une seule fois dans la conversation, nom inconnu de la plupart des habitants de ce pays, et qui, pour vous surtout, nouvel arrivé ne doit avoir aucune signification et ne saurait éveiller aucun souvenir ; c'est là, en vérité, un tour de force inouïe de mémoire !

— Ce n'est pas répondre à ma question, Joaquin. Avez-vous, en effet, oui ou non, franchi le rio Jaquesila ?

— Je l'ai côtoyé et franchi.

— Et connaissez-vous les terres qu'il arrose dans son parcours ?

— De ceci, ni moi ni personne n'oserait se vanter !

— Pourquoi donc, Joacquin ?

— C'est que de tous les aventuriers qui ont tenté d'explorer ces vastes régions, pas un seul n'est revenu.

— Ah !... Et pourquoi ne sont-ils pas revenus ?

— Avez-vous jamais vu, señor don Enrique, marcher un cadavre ?

— Ce qui signifie que tous ces aventuriers sont morts sans avoir pu accomplir leur dessein ?

— On le prétend.

— Et ajoute-t-on de quelle façon ils sont morts? par accident ou de maladie ?

— L'accident est la maladie des bords du Jaquesila.

— En vérité, Joaquin, ce que vous m'apprenez là me donne une furieuse envie de retourner sur mes pas ? Je suis fou des entreprises réputées impossibles, et le mystère exerce un irrésistible attrait sur mon esprit.

— Retournez, señor, vous ne serez pas le premier que j'aurai vu courir de gaieté de cœur à sa perte !

Malgré le tour de badinage que, depuis un instant, le jeune homme avait donné à la conversation, un habile physionomiste aurait soupçonné, à l'intonation affectée de sa voix et au jeu presque insaisissable des muscles de son visage, que cet entretien était pour lui d'un intérêt bien autrement considérable qu'il ne voulait le laisser voir. Le Batteur d'Estrade, occupé à desseller Gabilan, ne songeait pas à observer son interlocuteur.

Voilà qui est fait, dit Joaquin en s'adressant à son cheval dépouillé de tout son harnachement ; allons, bonne chance, ami, tâche de trouver de l'herbe bien fraîche ; prend garde aux *corallilos* (1) et n'oublie point que nous devons repartir dans trois heures.

Gabilan se mit à hennir joyeusement ; puis, après avoir fièrement secoué sa belle crinière et égratigné de son sabot la terre à plusieurs reprises, il s'élança d'un prodigieux élan dans la forêt.

— Ne craignez-vous point que votre cheval ne revienne plus ? demanda M. Henry stupéfait.

— Gabilan ne plus revenir ? répéta Joaquin Dick d'un air étonné et qui prouvait combien cette question lui semblait étrange ; et pourquoi ne reviendrait-il plus, señor ? Ne l'ai-je pas prévenu que nous devons nous remettre en route dans trois heures ? Oh ! soyez sans inquiétude, Gabilan est l'exactitude en personne ; il n'a jamais, de sa vie entière, été de dix minutes en retard à un rendez-vous ! Mais le temps passe et vous oubliez votre sieste. Or, nous avons à faire aujourd'hui une rude et longue étape, et quelques heures de repos ne sont pas à dédaigner. A revoir, señor.

Le Batteur d'Estrade, sans attendre la réponse de M. Henry, avait jeté sa carabine en bandoulière et se disposait à s'éloigner ; le jeune homme le retint.

— Où allez-vous ainsi, Joaquin ? lui demanda-t-il.

— Chercher le souper de ce soir !

— Vous n'êtes donc pas fatigué, vous ?

— Un Batteur d'Estrade fatigué pour s'être promené pendant une matinée dans une forêt, mériterait d'être et serait hué par les petits enfants !

— Eh bien ! pourquoi alors me conseillez-vous de me livrer au sommeil ? Croyez-vous donc que je vous suis inférieur en force et en énergie? demanda M. Henry avec une certaine hauteur mêlée de dépit.

(1) Le corallilo est le plus venimeux et le plus dangereux des reptiles du Mexique. Ce serpent, de petite dimension, est revêtu d'une robe aux couleurs admirables et parmi lesquelles domine la nuance du corail ; de là lui vient son nom.

— Caramba ! oui, je le crois ! Après tout, ce n'est pas votre métier à vous, de ne voir dans la nourriture et le repos que des choses inutiles ou d'agrément !... Ici-bas, chacun a ses habitudes et sa manière de vivre !

Le jeune homme homme considéra pendant un instant la structure délicate, presque grêle du Batteur d'Estrade; puis un sourire de triomphe et de satisfaction se dessina sur son visage, lorsque son regard glissa ensuite le long de son propre buste nerveux.

— Oh ! je ne me dissimule pas que la nature a été plus généreuse envers vous qu'envers moi, dit Joaquin, à qui le sourire de M. Henry n'avait pas échappé; seulement, je vous le répète, je possède une chose qui vous manque, l'habitude des privations.

— Partons, señor Joaquin !...

— Quoi ! vous voulez m'accompagner ? vous n'y songez pas !... Comment diable vous y prendrez-vous pour me suivre ?... Vous vous égarerez... c'est sûr !... Enfin, je n'ai pas le droit de vous empêcher de commettre une folie, mais je vous avertis que je ne changerai pas, pour vous être agréable, ma manière de chasser !

— Ne vous occupez pas de moi, Joaquin !

Le jeune homme et le Batteur d'Estrade, abandonnant l'espèce de clairière choisie par ce dernier pour faire reposer la petite troupe, entrèrent dans la partie la plus épaisse et la plus touffue de la forêt.

M. Henry, attentif aux moindres mouvements du Mexicain marchait presque sur ses talons. Quant à Joaquin, s'arrêtant de temps à autre, pour écouter sans doute s'il ne surprendrait pas quelque bruit qui le mît sur la piste d'un gibier, il paraissait avoir complétement oublié la présence de son compagnon.

Bientôt le Batteur d'Estrade disparut derrière un colossal amas de lianes. M. Henry accéléra le pas; mais retenu par les mailles irrégulières et élastiques de cet inextricable réseau végétal, formé par la nature avec un art bien supérieur à celui que déploie le plus habile pêcheur dans la confection de ses filets, il perdit quelques minutes; quand il parvint à se dégager de l'obstacle qui l'arrêtait, ce fut en vain que son regard chercha Joaquin Dick. La première intention du jeune homme fut d'appeler le Batteur d'Estrade; mais la réflexion l'en empêcha : c'eût été reconnaître la supériorité du Mexicain, solliciter son appui, se mettre presque sous sa dépendance.

— Bah ! pensa M. Henry, j'ai un parti plus simple à prendre, c'est de rester ici pendant environ une heure, puis de rejoindre ensuite ma troupe. Je serai censé revenir de la chasse de mon côté.

Vingt minutes ne s'étaient pas encore écoulées depuis qu'il avait pris cette détermination, que le jeune homme, en proie à un malaise moral qu'il essayait de se dissimuler à lui-même, se décidait à regagner le lieu de la sieste. Le lourd silence qui régnait autour de lui commençait à peser sur son imagination. Malgré l'accablante chaleur de l'atmosphère, il se sentait froid au cœur.

Après une demi-heure de marche, il s'étonna de n'être pas encore arrivé, car il se croyait bien certain d'avoir suivi le bon chemin.

— Allons, murmura-t-il avec un geste d'impatience, il est probable que j'ai calculé mal la distance.

Et il accéléra le pas.

Des minutes d'abord, puis des heures s'écoulèrent, et M. Henry dut enfin s'arrêter et s'avouer qu'il était égaré; des bourdonnements sifflaient dans ses oreilles, une douleur aiguë serrait ses tempes comme dans un étau, des gouttes de sueur perlaient sur son front.

Ceux-là qui n'ont pas vu une forêt vierge d'Amérique ne peuvent s'en faire une idée, même approximative : les poëtes auront beau charger leur palette de tous les tons éclatants et les plus chauds, employer les teintes les plus bizarres et les plus fantastiques, ils n'arriveront jamais qu'à ébaucher une pâle caricature de la vérité. Quant à nous, nous n'hésitons pas à le proclamer hautement, les descriptions les mieux réussies que nous ayons lues jusqu'à présent nous ont simplement rappelé la forêt de Fontainebleau; quelques-unes même ne dépassaient pas la majesté sauvage d'un bois de Boulogne mal entretenu.

La seule comparaison pratique, s'il est permis de s'expliquer ainsi, qui convienne à une forêt vierge, c'est celle de l'Océan. Même immensité, même absence de routes, mêmes dangers !... La faim, la soif et l'incendie ! Quant aux requins qui sillonnent de leur aileron noir la surface de la mer, ils ne sont que trop remplacés, dans les forêts vierges, par la hideuse population des reptiles qui glissent à travers les couches spongieuses d'un sol élastique et factice, uniquement composé de détritus de toutes sortes. Toutefois, l'Océan présente aux voyageurs, sur les forêts vierges, cet avantage, qu'ils embrassent d'un coup d'œil un espace d'une vaste étendue et voient venir de loin le danger. Dans une forêt vierge, c'est le contraire qui a lieu. A vos pieds, sur votre tête, à vos côtés, partout peut se trouver un ennemi. Il est bien rare que l'aventurier ait le temps de se mettre en défense, il n'a pas même toujours la consolation de pouvoir se venger. Tel intrépide soldat qui affronte gaiement la mitraille et ne redoute pas la belle mort du champ de bataille s'arracherait les cheveux de désespoir et tomberait à genoux en se trouvant, à la tombée de la nuit, perdu dans un des vastes océans de verdure du Nouveau-Monde. M. Henry, c'est une justice à lui rendre, était doué d'un courage réel, presque indomptable; cependant, lorsqu'il s'arrêta, l'imagination haletante, si l'on peut ainsi parler, plutôt que le corps épuisé, il s'avoua qu'il avait peur.

— Misérable que je suis, se dit-il, humilié par cette découverte, n'est-ce donc plus le même cœur qui bat dans ma poitrine ? Ne suis-je plus ce que j'étais autrefois ? Oh ! que tous ceux qui ont tremblé jadis devant un simple froncement de mes sourcils seraient joyeux et se railleraient de moi, s'ils me voyaient à cette heure livré à de si honteuses et puériles angoisses ! Puériles ?... Non... car tomber d'inanition et n'avoir pas assez de force pour repousser les oiseaux de proie qui vous dévorent vivant, doit être un supplice sans nom. Si j'appelais Joaquin à mon aide ?... Non ! non ! que personne ne soit témoin de ma faiblesse ! Marchons ! marchons encore !...

Pendant un laps de temps assez long, le jeune homme avança bravement, au hasard, devant lui; certains arbres de formes bizarres qu'il croyait reconnaître, une branche brisée, une empreinte douteuse, une éclaircie aperçue de loin, soutenaient son espoir et ses forces ; malheureusement toutes ces désillusions répétées eurent pour résultat d'user plus promptement son reste d'énergie ; de nouveau il s'arrêta.

— Le soleil commence à décliner à l'horizon, me faudrait-il passer la nuit ici ? Affreuse perspective !..

Après une courte hésitation, M. Henry plaça ses deux mains en guise de porte-voix devant sa bouche et se mit à appeler Grandjean ; mais sa voix, étouffée et absorbée par l'épaisse végétation de la forêt, alla mourir à quelques pas. Alors, oubliant son orgueil, le jeune homme poussa de longs cris de détresse ; mais rien ne répondit à cet appel désespéré.

— Oh ! se dit-il après un instant de réflexion, un dernier espoir me reste ! Comment n'y ai-je pas songé plus tôt ? Là où n'arrive pas la voix s'entend le bruit d'une arme à feu... ma carabine me fera retrouver mon chemin !

M. Henry épaula son arme et appuya sur ses doubles détentes.

Après avoir prêté l'oreille pendant quelques secondes, il porta la main à son côté gauche, où il laissait ordinairependre sa poudrière.

— Malédiction ! s'écria-t-il, tandis qu'une pâleur livide envahissait son visage ; dans mon orgueilleuse précipitation à suivre Joaquin, j'ai oublié mon sac à munitions... me voici désarmé.

Cette triste découverte acheva de l'accabler. Les bras pendants, la tête inclinée sur sa poitrine, il ressemblait à la statue du Désespoir.

Enfin son énergique nature reprit le dessus.

— Comment, aussi lâche que je le suis, ai-je donc osé rêver la fortune et tenter ce que j'ai tenté ! s'écria-t-il en serrant les poings avec rage. J'ai bien mérité ce qui m'arrive ! Mon outrecuidante présomption exigeait un sévère châtiment... Mais non, j'ai tort de m'accuser... je ne suis pas un lâche !... Vingt fois, dans le cours de mon existence, j'ai vu un canon de pistolet ou une pointe d'épée dirigés contre ma poitrine ; et si parfois, dans ces circonstances, mon cœur a battu plus fort ou plus vite que de coutume, c'était de joie, car la lutte m'a toujours enivré : la violence va bien à la chaleur de mon sang. Comment donc expliquer ce que j'éprouve à présent ? Comment ?... Oh ! je crois tenir enfin le mot de l'énigme... je suis brave... oui... c'est vrai... mais ma bravoure a besoin de témoins... Qu'un rustre me regarde, cela me suffit... mais il faut au moins qu'on me regarde !... Que d'hommes, dans le monde civilisé, ne doivent leur réputation d'intrépidité qu'au sentiment exagéré d'un amour-propre féroce ! Eh bien ! que je sorte vivant de cette maudite forêt, et je fais le serment que je m'étudierai à acquérir le véritable courage... et j'y parviendrai....

Le jeune homme jeta alors un regard découragé sur sa carabine ; puis, après un combat intérieur qui, alternativement et à plusieurs reprises, fit passer un éclair dans ses yeux ou amena une couche de rouge sur son front, il se détermina à tenter un dernier effort.

Réunissant toutes ses forces dans un cri, il jeta aux solitudes du monte Santa-Clara le nom de Joaquin Dick, le Batteur d'Estrade.

Ce sacrifice de son orgueil était à peine accompli que M. Henry s'en repentit, et pourtant, à la pensée que cette tentative désespérée ne devait amener aucun changement dans sa position, il se sentait retomber dans un profond découragement.

Tout à coup, à quelques pas derrière lui, il lui sembla entendre un frôlement dans le feuillage. Il se retourna vivement. Était-ce un ennemi ou un sauveur ?

C'était Joaquin Dick !

Le Batteur d'Estrade, sa carabine négligemment rejetée le long de son épaule gauche, et les mains enfoncées dans les poches de sa calzonera, ressemblait bien plus, en ce moment, à un flâneur du boulevard qu'à un coureur des bois.

Sa physionomie calme et indifférente ne décelait ni la joie du triomphe, ni l'âpre satisfaction du sarcasme ; elle exprimait plutôt l'ennui vulgaire et banal d'un homme que l'on vient déranger de ses occupations.

— Quand je vous disais que vous vous égareriez, señor, avais-je tort ? demanda-t-il froidement au jeune homme.

La joie, l'étonnement et le dépit que l'arrivée du Batteur d'Estrade causaient à M. Henry, produisaient une telle confusion dans ses idées, qu'il fut quelque temps sans savoir que répondre ; à la fin, son amour-propre froissé l'emporta sur la reconnaissance.

— Il me semble, s'écria-t-il avec une colère concentrée, que je ne vous ai pas interrogé ? Je n'ai que faire de vos réflexions ! Je vous ai appelé parce que c'était mon droit ; vous, vous êtes accouru, parce que c'était votre devoir... Nous sommes chacun dans notre rôle... Restons-y !

Le Batteur d'Estrade regarda curieusement M. Henry, et hochant la tête d'un air de bonhomie :

— Eh bien ! là, franchement, dit-il, je ne me doutais pas de cette réception ; mais elle me plaît fort. Me menacer, presque, lorsqu'il me suffirait de m'éloigner pour vous replonger dans un affreux embarras, cela est humain, beau et complet au possible ! Si vous manquez de vertus, au moins avez-vous une grande qualité : celle de la franchise !... Les hommes sont rarement ingrats à brûle-pourpoint, car, avant de renier un bienfait, ils attendent ordinairement qu'il soit accompli en entier... tandis que vous !... ma foi, je vous le répète, je suis très-satisfait de votre façon d'agir... je vous tiens en haute estime. Croyez-en mon expérience des choses et des hommes du Nouveau-Monde... vous irez loin.

Accepter la discussion sur ce terrain, c'eût été accorder au Batteur d'Estrade une familiarité qu'il n'était ni dans les goûts ni dans les idées de M. Henry de tolérer chez ceux qu'il considérait comme des serviteurs : aussi garda-t-il le silence.

Le chemin que prit Joaquin Dick était l'opposé de celui que suivait le jeune homme ; au reste, ce dernier, malgré ses nombreux détours, ne s'était pas éloigné de beaucoup de l'endroit où reposait sa petite troupe ; dix minutes lui suffirent, guidé par Joaquin, pour opérer ce trajet.

Les chevaux sellés et les Mexicains leur *cuarta* (espèce de fouet-cravache) à la main, attendaient le signal du départ.

— Combien de temps nous faudra-t-il pour sortir du

Quand je vous disais que vous vous égareriez, séñor. (Page 24.)

monte Santa-Clara? demanda M. Henry au Batteur d'Estrade.

— Un jour, si vous tenez à abréger la route! trois heurês, si le séjour de cette forêt vous déplaît !

— Ainsi, vous vous chargeriez de nous faire camper ce soir en plaine?

— J'attends vos ordres !

— A cheval ! s'écria vivement le jeune homme, et quittons au plus vite ces lieux maudits! J'ai hâte de revoir le ciel et le soleil !

Joaquin attacha sur la croupe de Gabilan un marcassin qu'il avait tué ; puis, passant près de M. Henry pour aller prendre la tête de l'escorte, il lui dit en français et en baissant la voix :

— J'espère que votre léger déboire de tantôt vous donnera à réfléchir sur votre expédition projetée le long de la rivière de Jaquesila.

Le jeune homme tressaillit, et déchirant d'un coup d'éperon le flanc de sa monture qui bondit de douleur :

— Oh! murmura-t-il, ce n'est point le hasard qui a placé ce Joaquin sur ma route !... Il faudra, coûte que coûte, que je sache ce qu'il y a au fond de cet homme, dût mon poignard aller chercher la vérité jusque dans son cœur !...

Grandjean, peu soucieux du drame intime qui commençait à se nouer sous ses yeux, formait l'arrière-garde ; tout pensif et réfléchissant au moyen de procurer une dot à Jacqueline, il marchait à pied, tirant après lui, selon son habitude, son cheval par la bride. Décidément, le cheval du Canadien était la plus heureuse bête du Nouveau-Monde; son service auprès de son maître constituait une véritable sinécure.

VI

LA FERME DE LA VENTANA.

La nuit commençait à fondre dans une seule ligne irrécise les crêtes aiguës et inégales des montagnes qui bornaient l'horizon, lorsque la troupe des aventuriers franchit

la lisière du monte Santa-Clara et entra en rase campagne ;
Joaquin Dick avait scrupuleusement rempli son engagement ; la petite caravane était restée juste trois heures en
route.

Ce fut en vain que M. Henry tenta de se rapprocher du
Batteur d'Estrade et d'entrer en conversation avec lui ;
Joaquin opposa une froideur si marquée aux avances du
jeune homme, que celui-ci dut renoncer, du moins momentanément, à éclaircir ses soupçons.

Le lendemain, à l'heure du départ, ce fut Grandjean qui
réveilla les Mexicains, car le Batteur d'Estrade était monté
à cheval vers le milieu de la nuit, et depuis lors on ne l'avait
plus revu. A la tombée du crépuscule, Joaquin Dick apparut
tout à coup, stimulant de la voix son cheval Gabilan qui,
bondissant comme un chevreuil sur ses jarrets d'acier, dé-
vorait l'espace.

— Voici de quoi manger ! dit le Batteur d'Estrade en
jetant par terre une dizaine de poules sauvages qu'il portait
pendues mortes à l'arçon de sa selle.

— Joaquin, deux mots, je vous prie, s'écria M. Henry en
s'avançant vivement à sa rencontre.

— Quatre, si bon vous semble ! Mes affaires sont termi-
nées, et je suis libre de tous soucis.

— Vos affaires ?

— Eh bien, oui, mes affaires ! Vous figurez-vous tout
bonnement que je vous vole votre argent ? J'accomplis consciencieusement ma tâche. Je suis parti la nuit dernière
dans la double intention d'éclairer le chemin et de prendre
l'avance d'une étape sur vous ; maintenant je reviens
d'examiner et de reconnaître la route que vous aurez à
parcourir demain. *All is right* (tout va bien), comme répètent sans cesse les yankees. Quels sont ces deux mots que
vous avez à me dire ?

— Vous avez répondu à ma question à l'avance. Je voulais savoir ce que signifiait votre brusque départ de la nuit
dernière.

— Oui, je comprends ! une vieille habitude d'Europe !
Quand, dans votre pays, vos domestiques s'absentent trop
longtemps sans votre permission, vous les gourmandez et
les interrogez à leur retour : « D'où diable viens-tu, pendard de Jasmin ? Où as-tu été, maraud de Lafleur ? » Mais
avec nous autres, batteurs d'estrades, ce n'est plus cela !...
Tant que nous ne disons rien, ou tant qu'on ne nous voit
pas, ceux qui nous emploient sont tranquilles, car notre
silence ou notre absence signifient qu'ils ne courent aucun
danger... Voilà justement pourquoi j'ai posé comme condition première de mon engagement à votre service que vous
ne m'interrogerez jamais, ou du moins, si vous me ques-
tionnez, que j'aurai le droit de me taire !

Il serait difficile, sinon impossible, de décrire l'étonnement que la réponse du Batteur d'Estrade causa à M. Henry.
Ces mots, de » pendard de Jasmin, et maraud de Lafleur, »
constituaient dans la bouche d'un Mexicain, habitant la
frontière, une si singulière anomalie, que le jeune homme,
il faut en convenir, avait bien le droit de se montrer surpris.

— Señor Joaquin, s'écria-t-il après s'être assuré par un
rapide et circulaire regard qu'aucun de ses serviteurs n'était
à portée de l'entendre, señor Joaquin, vous n'êtes ni un va-
gabond, ni un batteur d'estrade, et le rôle que vous jouez

vis-à-vis de moi ne saurait durer davantage... Allons, à bas
le masque et montrez votre visage.

— Comment ! je joue un rôle ? Comment ! je ne suis pas
un batteur d'estrade ? dit le Mexicain en riant d'un franc
rire ; et que diable suis-je alors ? Un prince qui voyage in-
cognito ? Je consens à être damné au jour du jugement dernier, si je comprends un mot à tout ce que vous me dites
là ? Votre seigneurie, sans doute, veut se divertir ?

— Trêve de maladroites hypocrisies, Joaquin ?... L'évidence ne se nie pas ! C'est en vain que vous essayez de me
donner le change !... J'ai cent preuves pour une, je vous le
répète, que vous jouez en ce moment un rôle ! Pourquoi ?
C'est ce que je veux savoir, ce que je saurai !...

— Et quelles sont vos cent preuves, señor ?...

— A quoi bon vous les énumérer ? Ma conviction est
faite ; cela me suffit ! Du reste, votre langage de tout à
l'heure, réminiscence du siècle dernier...

— Je n'y suis plus du tout, señor !

« — *Ce pendard de Jasmin, et ce maraud de Lafleur !* »

— Ah ! oui, je me rappelle !... Ma foi ! c'est un matelot
déserteur que j'ai connu *maromero* (ou saltimbanque) à
Mexico, qui, en me parlant des domestiques qu'il prétendait
avoir eus jadis, me citait toujours son pendard de Jasmin et
son maraud de Lafleur... Depuis lors...

— Que vous sert de mentir, Joaquin, puisque je ne vous
crois pas ?...

— Merci, caballero, de votre politesse ! Comme je vois
que notre conversation n'aboutirait pas à grand'chose, je
vous demande la permission d'y couper court pour aller
m'occuper de mon souper. Je suis à jeun depuis hier soir.

— Cette conversation, Joaquin, doit aboutir à une explication, s'écria le jeune homme d'un ton d'autorité qui décelait une résolution fermement arrêtée.

Joaquin, au lieu de répondre, prit une cigarette dans la
poche de sa veste, battit ensuite le briquet, et allumant le
papelito, sans se presser, souffla nonchalamment une
ondoyante bouffée de fumée devant lui.

— Eh bien ? demanda le jeune homme d'une voix encore
contenue, mais qui vibrait déjà de colère et d'impatience.

Le Batteur d'Estrade leva sur son fougueux interlocuteur
un œil atone, et d'un air à la fois impertinent et ennuyé.

— Señor, lui dit-il, vos allures de matamore... c'est encore mon matelot déserteur qui m'a appris ce mot-là... sont
non-seulement déplacées envers les personnes à qui elles
s'adressent, mais elles sont surtout dangereuses pour
vous !... Vous avez à exiger de moi une seule chose... Que
je vous conduise sain et sauf à Guaymas... pas davantage !... Si mon présent vous appartient dans une certaine
mesure, vous n'avez absolument rien à voir dans mon passé.
Est-ce que je vous demande, moi, quelles ont été les occupations ou les erreurs de votre jeunesse ? Non !... Pourtant
ce récit me ferait peut-être bien passer quelques heures
agréables !... vous avez un tempérament qui se prête si bien
aux aventures !... Ne m'interrompez pas, je vous prie, ce
serait éterniser un dialogue qui commence à me fatiguer...
Je n'ai plus que peu de mots à ajouter...

Joaquin Dick huma une seconde bouffée de sa cigarette ;
puis reprit, toujours avec le même sang-froid :

— Je vous donne ma parole d'honneur de caballero, que
ma seule, mon unique profession est bien celle de batteur

d'estrade!... Du reste, vous avez un moyen bien facile de vous assurer de la véracité de mes assertions : interrogez vos domestiques; j'ai assez mal mené ces drôles pour que vous n'ayez pas à craindre leur partialité en ma faveur !... Ils vous répéteront ce que je vous affirme ici, que la réputation de Joaquin Dick, comme batteur d'estrade, s'étend à plus de mille lieues au-delà de la frontière! Maintenant, si votre confiance en moi est ébranlée, si vous vous méfiez de mon habileté et de mon expérience, mon Dieu, je suis tout disposé à résilier notre marché : vous irez de votre côté, moi du mien! J'aime l'argent; mais, après tout, vingt piastres ne constituent pas une fortune!...

Les doutes qui, après la réponse du Mexicain, s'emparèrent de l'esprit de M. Henry, furent aussi grands que son étonnement avait été naguère extrême. Cependant, soit qu'il obéit à un inexplicable pressentiment, soit plutôt qu'il ne voulût pas paraître céder, il revint à sa première idée.

— Voilà beaucoup d'adresse et d'éloquence dépensées en pure perte, Joaquin, dit-il; car j'attends toujours votre explication.

Cette insistance finit par ébranler le sang-froid du Mexicain : de son regard voilé, engourdi, jaillit comme une flamme, et sa voix, jusqu'alors lente et monotone, prit un timbre métallique et vibrant dont l'effet ne saurait se traduire.

— Señor don Enrique, dit-il, si ce n'est par savoir-vivre, que ce soit au moins par prudence, n'insistez pas! Imitez la réserve dont je fais preuve depuis mon retour, en refoulant au plus profond de mon cœur une question indiscrète qui me brûle les lèvres... car, moi aussi, j'aurais une explication à vous demander !

— Vous ! et laquelle?...

— Alors, c'est un nouveau marché que vous me proposez? Soit, je l'accepte !... Confidence pour confidence!... Tantôt, en éclairant la route que nous parcourrons demain, j'ai fait fuir à mon approche une épaisse nuée de zopilotes acharnés après une proie!... Les croassements prolongés de ces hideuses bêtes, en m'apprenant avec quelle volupté ils assouvissaient leur gloutonne voracité, me donnèrent l'idée de regarder de près quel était l'objet de cet immonde festin... C'était le cadavre d'un homme !... Vous m'écoutez, n'est-ce pas, señor don Enrique ?

— Poursuivez !...

— Je descendis de cheval, j'écartai les vêtements de la victime, et je reconnus que l'infortuné, comme on dit généralement à tort en parlant de ceux qui ont cessé de vivre, avait reçu une balle en pleine poitrine!... Un beau coup, ma foi! bien ajusté, bien réussi !...

— Eh bien! après?...

— Dans la secousse que j'imprimai au cadavre, une balle roula par terre... je la ramassai... la voici! Oh! vous pouvez la toucher sans crainte... cette balle ne saurait être empoisonnée... la pointe d'acier dont elle est garnie la rend bien assez meurtrière pour qu'on ait jugé inutile de la tremper dans des sucs vénéneux!... Une belle invention que ces pointes d'acier!... n'est-il point vrai, señor ?...

Le Batteur d'Estrade aurait pu continuer longtemps sans que M. Henry songeât à l'interrompre. Le visage blême, les paupières dilatées outre mesure, les lèvres agitées par un tic nerveux, il était en proie à une émotion que ses efforts pour la contenir et la dissimuler rendaient encore plus visible et plus poignante.

Joaquin Dick attendait patiemment, et sans paraître attacher une grande importance à cette crise, qu'elle fût passée.

Enfin, M. Henry, par un violent effort de volonté, parvint à donner passage à sa voix à travers son gosier resserré.

— Quel a été votre but en me racontant cette histoire, Joaquin?

— Mon but était d'abord de vous intéresser, et je crois y avoir réussi; puis ensuite de vous demander s'il vous est possible de m'apprendre quelle est la main qui a lancé cette balle, et l'intention qui a guidé cette main.

Un silence menaçant, presque solennel, régna de nouveau entre les deux interlocuteurs; celui que l'on appelait M. Henry écoutait, prêt à y céder, les conseils de la violence; Joaquin Dick, quoique sa physionomie eût repris son expression habituelle de bonhomie inintelligente, ressemblait assez au tigre, qui, à l'approche du combat, se replie lentement sur lui-même en affectant un calme doucereux et plein de candeur.

La position était trop tendue pour pouvoir se prolonger; M. Henry rompit le premier la glace.

— Si je vous ai bien compris, Joaquin, s'écria-t-il, vous désirez savoir si c'est moi qui suis le meurtrier de ce malheureux, et, dans ce cas, quel est le motif qui m'a fait agir ?

— Non, seigneurie, je ne désire rien savoir du tout !... Je ne tenais qu'à une chose, et j'y suis parvenu... à vous faire comprendre qu'il est toujours de mauvais goût, et parfois cruel, d'exiger d'un homme qu'il vous raconte ses affaires privées! Que diable, ici-bas, chacun a ses petites peccadilles à cacher !... L'humanité, en général, est admirable et féconde en vertus; mais, en particulier, elle n'est pas complètement parfaite... Elle laisse parfois à désirer! Sur ce, señor, je vous baise les mains et suis votre très-humble serviteur.

Le Batteur d'Estrade salua profondément le jeune homme, et, s'éloignant à grands pas sans attendre sa réponse, rejoignit Grandjean et les Mexicains, déjà occupés à préparer le repas du soir.

Pendant les six jours qui suivirent, aucun événement digne d'être rapporté n'entrava ou n'accidenta la marche des aventuriers; Joaquin Dick, presque toujours en avant, ne se mêlait guère à ses compagnons de voyage que pour prendre part au souper; quant à M. Henry, après avoir longtemps questionné le canadien Grandjean, qui lui confirma de tous points ce que le Batteur d'Estrade avait dit de soi-même, il ne cherchait plus à se rapprocher de ce bizarre personnage; il avait plutôt l'air, au contraire, de l'éviter.

Le septième jour, c'était le lendemain que la petite caravane devait arriver à Guaymas, le Batteur d'Estrade qui, contrairement à sa coutume, n'avait point pris les devants et marchait au milieu des aventuriers, se retourna vers Grandjean, et lui adressant brusquement la parole :

— Señor Canadien, lui dit-il en espagnol, votre maître m'a affirmé, si j'ai bonne mémoire, que vous possédez la science approfondie du pionnier et du chasseur?

— Dame! seigneurie, j'emploie de mon mieux ma mémoire, ma vue et mon intelligence!

— En ce cas, les indices qui annoncent dans les solitudes l'approche d'un événement grave doivent vous être familiers ?

— Quand cet événement fait partie des choses naturelles et humaines, oui.

— Depuis ce matin, n'avez-vous rien remarqué ?

— Je vous demande pardon, j'ai au contraire remarqué beaucoup de choses...

— Quoi donc, je vous prie ?

— Oh ! vous en savez à ce sujet au moins tout autant que moi...

— C'est probable, mais je ne serais pas fâché de contrôler mes observations par les vôtres... Dites...

— Nous avons croisé, à six heures, une piste d'Indiens...

— C'est juste... avez-vous compté combien ils étaient ?...

— Une quarantaine, à ce que je pense.

— Vous vous trompez de six, ils sont passés au nombre exact de trente-quatre ! Et, selon vous, qu'indique la marche de ces Indiens ?

— Ah ! seigneurie, répondit le Canadien, votre question prouve que vous avez une bien médiocre opinion de ma sagacité.., ces Indiens sont chaussés de leurs mocassins de guerre...

Les paroles prononcées par Grandjean produisirent une impression aussi vive que pénible sur les quatre Mexicains.

— Mais alors, seigneurie, s'écria l'un d'eux en fixant sur le Batteur d'Estrade ses yeux agrandis et troublés par la peur, nous sommes perdus !...... Qu'allons-nous devenir ?.....

Joaquin, par un geste qui lui était familier, haussa les épaules, et continuant de s'adresser au Canadien :

— Pourquoi ne m'avez-vous pas communiqué votre découverte aussitôt que vous l'avez faite ?

— J'aurais cru vous faire injure, seigneurie.

— Quel parti pensez-vous que nous devons prendre ?

— Gagner le plus de terrain que nous pourrons.

— Et si les Indiens nous attaquent ?

— Ce sera tant pis pour eux.

— Comment cela, tant pis pour eux ?..... Vous oubliez qu'ils sont trente-quatre et que nous ne sommes que sept !

— Votre calcul, seigneurie, diffère beaucoup du mien ! Je comptais que nous n'étions que trois pour tenir tête à ces quarante Peaux-Rouges ; car ces Mexicains, voyez-vous, ça pique ferme et mortellement dans l'ombre, mais c'est fainéant au soleil, et puis ça n'aime pas le bruit des armes à feu ! Ah ! pardon, seigneurie, voilà que j'oublie que vous êtes Mexicain !... oui, mais vous, vous êtes une exception en tout !...

— Le hasard, dit Joaquin, m'a fait naître au Mexique ; mais je ne reconnais pas ce pays pour patrie ! Enfant de la liberté, je me considère comme citoyen de l'univers !... Je reviens au sujet qui nous occupe... Quelles dispositions prendriez-vous si vous étiez chargé de notre défense ?

— Mes préparatifs ne seraient ni longs ni compliqués, seigneurie ; je ferais égorger nos chevaux, et, couché à plat-ventre et à l'abri derrière ce rempart, j'abattrais à coups de rifle tout Peau-Rouge qui aurait l'imprudence de

se montrer à portée... Ce ne serait pas, au reste, la première fois que j'aurais usé de ce moyen... Je sais qu'il est pénible de massacrer d'honnêtes et bons animaux, et je préférerais, certes, cent fois sacrifier nos Mexicains ; mais malheureusement ils sont si maigres, qu'ils ne sauraient nous rendre le même service que nos chevaux...

La réponse de Granjean amena presque le rire sur les lèvres sérieuses du Batteur d'Estrade ; les Mexicains, eux, parurent ne l'approuver que médiocrement ; mais dominés par l'intensité de leur effroi, ils ne songèrent pas à réclamer.

M. Henry, surpris par les éclats de voix qui partaient des rangs ordinairement silencieux de ses serviteurs, avait depuis un instant arrêté son cheval, et il attendait que son escorte le rejoignît.

— Qu'y a-t-il ? que se passe-t-il ? demanda-t-il à Grandjean.

En peu de mots, le Canadien le mit au courant de l'événement.

Le jeune homme se retournait vers Joaquin Dick pour connaître son opinion, lorsque celui-ci fit signe de se taire.

La troupe entière fit halte. Le Batteur d'Estrade, penché sur le cou de son cheval immobile, paraissait prêter une extrême attention à un bruit venant du lointain.

— Entendez-vous ? demanda-t-il en se remettant droit en selle.

— Non, je n'entends rien... Ah ! si fait, je distingue maintenant un roulement éloigné du tonnerre... C'est singulier... le temps est magnifique, et pas un seul nuage ne tache la limpidité du ciel...

— Ce que vous prenez pour le tonnerre est tout bonnement le bruit produit par un vaste incendie !... les Peaux-Rouges ont commencé leurs opérations.

— Devons-nous donc battre en retraite ? demanda M. Henry d'un ton qui prouvait combien cette proposition lui souriait peu.

— Non, avançons toujours ! Ah ! apercevez-vous ce nuage d'un noir opaque, qui s'élève en se balançant lourdement à l'horizon ?

— Oui, parfaitement.

— C'est un épais tourbillon de fumée... Caramba ! ils n'y vont pas de main morte, les Apaches !

— Ces Indiens sont donc des Apaches ?

— Oui, et des Apaches Chirigoguis, c'est-à-dire les plus féroces et les plus vindicatifs de leur race ; car les Apaches se divisent en plusieurs tribus, répondit le Batteur d'Estrade, avec un calme si plein d'insouciance qu'il ressemblait à un professeur d'histoire naturelle expliquant du haut de sa chaire, à son auditoire, les mœurs, la classe et les instincts d'une race animale peu connue. Que diable s'amusent-ils à brûler là-bas ? continua Joaquin Dick. Probablement la ferme (rancho) de Buenavista ou celle d'El-Aguage.

— Je crois que vous faites erreur, seigneurie, interrompit Grandjean en baissant les yeux d'un air embarrassé et modeste ; car contredire le Batteur d'Estrade lui semblait une grande hardiesse. C'est le rancho de la Ventana qui doit brûler !...

— Le rancho de la Ventana ! répéta Joaquin Dick, en poussant un cri de fureur et d'effroi qui fit tressaillir ses compagnons de route. Non... non... ce n'est pas... ce ne peut être... Pourtant qui sait? ces Apaches sont doués de si déplorables instincts... ils sont si cruels... si ingrats !... Oh ! les misérables ! s'ils ont commis ce crime; je...

Le Batteur d'Estrade s'arrêta au beau milieu de son court et véhément monologue, leva les épaules et se mettant à sourire :

— Après tout, murmura-t-il, ce serait peut-être un bonheur pour moi !... laissons marcher les événements ! Ce qui est écrit là-haut doit s'accomplir ici-bas !

Il était si évident que les pensées qui préoccupaient Joaquin lui étaient intimes et personnelles, que ni Grandjean, ni les Mexicains, ni M. Henry lui-même n'osèrent l'interroger à ce sujet; ils sentaient instinctivement que leur curiosité déplacée aurait reçu un mauvais accueil.

A partir de ce moment, le Batteur d'Estrade, lancé sans doute dans un nouvel ordre d'idées, parut ne plus s'occuper de la présence des Apaches. Cependant l'odeur âcre et pénétrante de la fumée commençait à incommoder les voyageurs; l'ennemi ne devait plus être bien loin.

— Grandjean, dit M. Henry en se rapprochant du Canadien, qui, chose inouïe, était monté à cheval, ne penses-tu pas qu'il serait prudent de nous arrêter? Nous sommes ici sur une élévation que ne domine aucun terrain, du moins à portée de carabine, et où nous n'avons pas à craindre d'être attaqués à l'improviste?... Toi, pendant que nous ferions halte, tu partirais en éclaireur, pour tâcher de découvrir la position de l'ennemi.

— Votre projet est des plus sensés, monsieur, répondit le Canadien; je puis même ajouter qu'il est le seul possible et praticable dans l'état actuel des choses. Seulement je refuse entièrement de m'y associer.

—Parce que?... Ah ! je comprends, le rôle d'éclaireur ne sourit que médiocrement à ton dévouement?...

—Vous vous trompez du tout au tout, monsieur Henry !.. Rien ne me plaît comme d'aller en découverte !... c'est chez moi, une véritable passion, et une passion qui a failli plusieurs fois me coûter ma chevelure !...

— Alors, d'où vient ta résolution ?

— De ce que le señor Joaquin Dick ne m'a donné aucun ordre, et que je ne voudrais pour rien au monde, disposer de ma personne sans son consentement. S'il allait avoir besoin de moi, il ne me pardonnerait jamais mon absence.

— Ne suis-je pas ton maître, celui qui te paye et à qui tu dois obéissance ? s'écria le jeune homme d'un ton sec et hautain.

— Je vous rends des services et vous me donnez quelque argent, cela est incontestable, répondit froidement Grandjean; mais à l'heure du danger voyez-vous, et lorsqu'il s'agit de ma vie, je ne reconnais pour maître que celui qui m'est supérieur en expérience et en courage; or, cet homme, en ce moment-ci est le señor Joaquin Dick.

— Il ne semble guère s'occuper de nous, ce merveilleux et infaillible Batteur d'Estrade !

— Tant mieux; cela prouve que le danger n'est pas imminent !

— Ou qu'il est d'accord avec les Apaches !

— Voilà une méfiance, monsieur Henry, qui, il y a encore quelques jours, ne se serait pas présentée à votre esprit ! Quand je vous disais que vous vous formeriez promptement à l'existence nomade, je n'avais pas tort !... Se mé-

fier est une grande qualité pour ceux qui courent les aventures ; seulement, il vous reste encore à apprendre à placer vos soupçons; autrement, vous n'aurez jamais un fidèle et véritable allié !... Soyez sans inquiétude à l'égard du señor Joaquin Dick... je vous réponds de lui sur ma tête !

— Je croyais qu'avant cette fois-ci, tu ne l'avais jamais vu? dit le jeune homme en observant à la dérobée le Canadien,

— Je n'ai jamais vu non plus l'empereur Napoléon, et je sais pourtant que c'était le plus grand capitaine de son siècle. Il y a des réputations éclatantes, inattaquables, que l'on ne saurait mettre en doute sans avoir perdu le sens commun. Le señor Joaquin compte parmi celles-là. Au reste, qui vous empêche, si vous êtes inquiet, d'aller le consulter?

— C'est ce que je vais faire ! répondit M. Henry en chatouillant de l'éperon les flancs de son cheval.

Lorsque le jeune homme eut rejoint le Batteur d'Estrade, il dut l'appeler deux fois par son nom avant de parvenir à attirer son attention.

— Que désirez vous, señor? demanda le Mexicain avec une politesse froide et un peu hautaine que M. Henry ne lui connaissait pas.

— Parbleu ! je désire savoir, si nous devons, oui ou non, nous préparer au combat ?

— Non, señor !...

— Mais, ces Apaches ?

— Je vous demanderai la permission, señor, de ne pas répondre à cette question, qui entraînerait à sa suite de longues phrases. Je désire, j'ai besoin d'être seul ! L'essentiel pour vous c'est que nous ne soyons pas attaqués! Eh bien ! je vous jure que l'on ne vous attaquera pas.

Le Batteur d'Estrade, après avoir prononcé ces paroles, lâcha la main à Gabilan qui prit le galop.

Une heure plus tard la troupe des aventuriers atteignait le théâtre de l'incendie; Grandjean avait eu à moitié raison ; ce n'était ni la ferme de Buenavista, ni celle d'El-Aguage qui étaient la proie des flammes, mais bien seulement une espèce de bourgade abandonnée depuis des années par sa population semi-nomade. Les Apaches s'étaient amusés, voilà tout.

A cette vue, un soupir de satisfaction allégea la poitrine du Batteur d'Estrade d'un poids qui paraissait l'oppresser ; mais presque en même temps un froncement très-prononcé de ses sourcils donnait à supposer que les désirs de son cœur n'étaient pas en harmonie avec les espérances de ses passions, ou les souhaits de sa raison.

— Quel est ce rancho que l'on aperçoit dans le lointain à une lieue environ de nous ? demanda M. Henry en désignant du doigt au Canadien un bâtiment de forme assez irrégulière, d'une éclatante blancheur et à moitié enfoui sous un amas de verdure.

— C'est le rancho de la Ventana, celui-là même que je croyais brûlé...

— Mais n'est-ce point justement à ce rancho que nous devons passer la nuit?

— Oui, monsieur ! et vraiment je n'en suis pas fâché ! s'asseoir une fois par hasard devant une table proprement servie, se coucher dans un lit véritable et pouvoir dormir les deux yeux fermés jusqu'au lendemain sans préoccupation, sont des plaisirs un peu efféminés, j'en conviens, mais qu'un homme a bien le droit de se donner de temps en temps, tous les six mois, par exemple !... Tiens ! pourquoi donc le señor Joaquin prend-il à sa gauche ?... ce n'est pas le chemin ! Bon ! le voici qui nous fait signe de venir. Il doit y avoir du nouveau. Il retourne probablement de l'Apache. Allons ! en avant !

Le Canadien enfourcha de nouveau son cheval, car il s'était empressé de mettre pied à terre après que son maître lui eut rapporté sa courte conversation avec le Batteur d'Estrade ; puis, précédé de M. Henry et suivi par les Mexicains, il se rendit à l'appel de Joaquin Dick.

— Eh bien ! señores, dit ce dernier, hâtez-vous donc, ou nous n'arriverons jamais aujourd'hui ! N'oubliez pas que nous avons encore dix-sept lieues à faire avant d'atteindre Guaymas...

— Que parlez-vous de Guaymas ? dit M. Henry, vous n'avez pas, je pense, l'intention d'entrer aujourd'hui dans cette ville ?

— Aujourd'hui, non ; cette nuit, oui.

— Avez-vous perdu la raison, Joaquin ? Vous savez bien que nos chevaux harassés de fatigue, sont incapables de fournir une pareille course. Pourquoi ne pas camper au rancho de la Ventana.

Le Batteur d'Estrade tressaillit.

— Ah ! vous connaissez ce rancho ? dit-il lentement.

— Je sais que l'hospitalité y est douce et que l'on y trouve ce que je n'ai pas goûté depuis bien des jours, un peu de confort.

Joaquin Dick réfléchissait. Sa réponse ne se fit pas longtemps attendre.

— Soit, dit-il, en relevant la tête de l'air d'un homme qui vient de prendre une résolution subite ; nous coucherons cette nuit au rancho de la Ventana. Où diable avais-je donc l'esprit, que je n'aie pas songé plus tôt à cela ?

— Songé à quoi, señor Joaquin ?

— Vous êtes un jeune et beau cavalier, poursuivit le Batteur d'Estrade, sans paraître entendre cette question ; vous lui plairez tout de suite... L'occasion ou le désœuvrement vous feront trouver la petite passable, et vous vous aimerez comme deux tourtereaux !... Ce spectacle me causera une joie extrême et me divertira fort !... C'est convenu... Au rancho de la Ventana !...

Joaquin Dick allongea alors un si furieux coup d'éperon à Gabilan, que le noble animal resta durant quelques secondes comme anéanti ; depuis le jour où il avait été dompté, c'était la première fois que son maître lui faisait sentir son état de servitude ; mais revenant presque aussitôt de sa stupeur, il bondit comme un cerf traqué et enleva Joaquin dans un tourbillon de poussière...

— Qu'a donc aujourd'hui le Batteur d'Estrade ? demanda M. Henry en se rapprochant de Grandjean. Je ne comprends rien à sa conduite, et je suis encore à m'expliquer son langage...

— Le señor Joaquin prend parfois plaisir à s'amuser aux dépens des gens, répondit froidement le Canadien... Attrape, pensa le géant, et laisse-moi maintenant tranquille ! Le fait est que le seigneur Joaquin a été bien bizarre. Je le connais, moi, et je gagerais ma tête que sa feinte gaieté cachait une violente colère ou une grande douleur. Quelle pensée saugrenue traverse mon cerveau !... Aimerait-il Antonia ?.

Bah ! c'est impossible ! il y a entre eux une telle différence d'âge ! du reste, ça n'y fait peut-être rien. Bon ! quand je me casserai la tête à réfléchir, à quoi cela m'avancera-t-il ! L'amour, qu'est-ce que c'est que ça ? Je n'y ai jamais, ma foi, songé !... Je ne connais pas le premier mot de toutes ces drôleries-là.

— Ah ! murmurait de son côté Joaquin, insoucieux des bonds prodigieux de Gabilan, se connaîtraient-ils ?... s'aimeraient-ils déjà ?... Insensé que je suis !... Comme si les femmes étaient capables d'aimer !

Un éclat de rire nerveux sortit d'entre les lèvres pâles et serrées du Batteur d'Estrade ; deux grosses larmes coulaient de ses yeux.

VII

LA FILLE DE LA VIERGE.

Le rancho de la Ventana n'avait rien dans son ensemble qui se rapprochât de la lourde et imposante construction des haciendas (1), tout au contraire. La capricieuse et élégante incorrection de son architecture n'appartenait à aucun ordre proprement dit ; elle tenait le milieu entre la villa italienne et la maison de plaisance espagnole ; aucune trace de fortifications ne s'apercevait aux alentours ; cependant les habitants de cette ferme devaient être, en temps de guerre, exposés aux excursions journalières des Indiens, et, en temps de paix, aux visites non moins dangereuses parfois des vagabonds de la prairie. Ce rancho présentait, en outre, cette double particularité, inouïe au Mexique dans l'intérieur des terres et surtout loin des grands centres de population, de murs soigneusement peints à la détrempe, et d'un jardin d'agrément méticuleusement entretenu, malgré ses nombreux et épais massifs de fleurs.

Environ un quart de lieue avant d'atteindre le rancho, Joaquin Dick arrêta Gabilan.

— Pauvre bête, dit-il en caressant de sa main droite le cou nerveux du cheval, pauvre bête, j'ai été tout à l'heure bien brutal envers toi !... Une loi fatale de la nature veut que l'homme, égoïste dans la joie, soit injuste dans la douleur !... La douleur ai-je dit ? m'est-il donc arrivé un malheur ?... Non, certes... non !... Que m'importent les amours de ce M. Henry et d'Antonia !.. Je n'aime pas cette enfant, non... j'ai beau examiner froidement, sans forfanterie et sans âcheté l'état de mon âme, je n'aime pas, du moins je le crois, Antonia d'amour ! Seulement, si mes passions restent muettes devant son innocence, il y a en elle, soit dans son regard, soit dans le timbre de sa voix, un charme indéfinissable et dont je ne puis m'empêcher de subir l'empire... et puis cette ressemblance extraordinaire avec... parbleu ! avec une infâme créature ! arrière, odieux souvenir qui m'avez donné l'expérience en échange du bonheur !... Bah ! le bonheur n'existe que dans le plaisir !...

(1) Hacienda, majorat du temps de la domination espagnole.

Oui, mais mes plaisirs à moi, je ne les trouve que dans l'épanouissement de ma haine, et ils m'infligent une épouvantable torture !...

Le Batteur d'Estrade fut distrait de ses pensées par une voix qui criait son nom ; il leva les yeux et vit un cavalier qui galopait à sa rencontre.

— Ah ! c'est toi, *Panocha* (1) ? dit-il.

Cette réception fit faire la grimace au cavalier.

— Señor don Joaquin, répondit-il d'un ton piqué, vous ne daignerez donc jamais me faire l'honneur de vous rappeler mon nom ?

— Alors, décidément, Panocha n'est pas ton vrai nom ?

— Je me nomme don Andrès Morisco y Malinche y Nabos, pour vous servir, seigneurie.

— Je préfère Panocha, c'est plus court.

— Oui ; mais c'est moins noble... et puis, c'est ridicule.

— Comment, don Andrès Morisco y Malinche y Nabos, tu redoutes le ridicule et tu tiens à la noblesse, toi, un demi-sauvage, issu d'un métis et d'un Apache ?

— J'avoue que je n'ai jamais connu mon père ni ma mère, et que, par conséquent, toutes les suppositions sont possibles sur ma naissance... Toutefois, votre seigneurie m'accordera que je dois être *hijo de algo* ? (fils de quelqu'un.) Or, comme tel, j'use du bénéfice de la vieille loi espagnole, qui accorde aux enfants dont les parents sont inconnus le titre de *hijo de algo* ou hidalgo.

— Je ne te savais pas aussi fort légiste, Panocha.

Don Andrès Morisco y Malinche y Nabos eut un méchant sourire. Il était incontestable que, sans le respect mêlé de crainte que lui inspirait le Batteur d'Estrade, ces plaisanteries auraient abouti à un sanglant résultat.

— Encore, señor don Joaquin ! dit-il d'un ton de doux reproche.

— Que veux-tu ? j'en ai pris l'habitude... Et puis, réellement, tu t'es affublé d'une si interminable kyrielle de noms, que le fait seul de t'appeler constitue un véritable discours... C'est fatigant.

— Seigneurie, voulez-vous me permettre de vous proposer un arrangement ?

— Voyons cette transaction, Panocha.

— Quand nous serons seuls, ou même devant des étrangers, vous continuerez à me nommer Panocha ; mais quand la señorita dona Antonia se trouvera présente, vous m'appellerez don Andrès, ou, si vous l'aimez mieux, Andrès tout court. Accordez-moi cela, seigneurie, et je vous en conserverai une éternelle reconnaissance.

— Lui aussi ! murmura Joaquin, dont le front s'était rembruni, personne n'échappe à son irrésistible fascination.

Le Batteur d'Estrade considéra pendant quelques instants en silence son suppliant interlocuteur ; puis, reprenant la parole, mais cette fois d'une voix où la pitié avait remplacé la raillerie :

— Je me rends volontiers à ton désir, mon pauvre Andrès, dit-il, Panocha n'existe plus !...

Panocha, ou plutôt le señor don Andrès Morisco y Malinche y Nabos, pouvait avoir de vingt-sept à trente ans ; son teint, couleur de café au lait, sa tête égyptienne, sa gravité de sphinx assyrien, disaient sa descendance en droite

(1) Panocha, sucre brut, espèce de cassonade dure.

ligne, non d'un métis et d'une Apache, mais bien des Aztèques, ces derniers dominateurs connus du Nouveau-Monde, race dont l'existence historique se perd dans les légendes de la fable, et que la terrible et cupide épée de Fernand Cortez a presque anéantie.

Les épaules un peu voûtées et les jambes arquées de don Andrès indiquaient l'abus ou du moins l'usage fréquent du cheval ; c'était en effet, ainsi du reste que le sont tous les Mexicains, un excellent écuyer. Ses membres grêles et maigres, sa taille déhanchée, la vivacité de ses mouvements, à laquelle succédait presque aussitôt une rigidité de marbre, lui donnaient une apparence grotesque dont, heureusement pour lui, il n'avait pas la conscience ; loin de là, il se croyait un caballero accompli.

Il était en train d'accabler le Batteur d'Estrade de protestations d'amitié et de reconnaissance, lorsque ce dernier, qui ne l'écoutait pas, lui coupa brusquement la parole.

— Les Apaches sont donc entrés dans le sentier de la guerre ? lui demanda-t-il.

— Oui, seigneurie... J'ai même entendu dire tout à l'heure, par un de mes pions, qu'ils ont surpris et égorgé le *ranchero* de Buenavista.

— Et ils ne sont pas venus ici ?

— Oh ! seigneurie, il n'y a pas de danger ! Tant que le rancho de la Ventana sera habité par la *fille de la Vierge*, il n'aura à craindre ni dévastation ni incendie de la part des Peaux-Rouges ?... N'est-il point tout de même bien étrange que ces damnés hérétiques, ces fils enragés du diable, ces tigres à formes humaines, qui ne respectent rien, n'épargnent rien, ni la faiblesse, ni la jeunesse, ni la pauvreté, ni la richesse, se feraient tous massacrer jusqu'au dernier pour défendre ma maîtresse, et lui obéissent avec une docilité et un empressement qu'ils n'ont pas pour leurs propres chefs ? Mais non, ce n'est pas drôle ! Qui donc ne se ferait pas tuer pour plaire à dona Antonia ?

La pantomime effrénée dont Panocha accompagnait ces paroles, en atténuait beaucoup la portée ; toutefois il était facile de voir qu'il parlait avec une entière conviction, un sincère enthousiasme.

— Antonia, elle est au rancho ? demanda Joaquin.

— Non, seigneurie, elle est à la chasse.

Le Batteur d'Estrade haussa les épaules d'un air de dépit, presque de colère.

— Folle, dit-il, un de ces jours il lui arrivera malheur !...

— C'est ce que je me tue à lui répéter à chaque instant, seigneurie, mais dona Antonia se moque de mes craintes ; elle m'assure qu'elle possède un talisman qui la garantit de tout malheur. Après tout, c'est peut-être vrai. Est-ce que votre seigneurie compte passer la nuit au rancho ?

— Oui.

— La señorita va être bien contente !... C'est étonnant l'affection qu'elle a pour vous ! Je ne comprends vraiment pas... c'est-à-dire... si... je comprends !... Veuillez m'excuser seigneurie, si je vous quitte, mais je dois aller vous faire préparer une chambre... et puis dona Antonia peut revenir d'un moment à l'autre, et je ne voudrais, pour rien au monde, qu'elle me vît dans mon costume de travail, c'est-à-dire de promenade. Il est temps que je songe à ma toilette

Le señor don Andrès Morisco y Malinche y Nabos tournait la bride, Joaquin l'arrêta :

— Je ne suis pas seul, dit-il; il faudra trois lits.

— Ah! ah! vous n'êtes pas seul, répéta lentement Panocha d'un ton soucieux et pensif, mais plus soucieux que pensif; et quelles sont donc, je vous prie, seigneurie, les personnes qui vous accompagnent?

— D'abord, le Canadien Grandjean, que tu connais peut-être...

Le visage de Panocha s'éclaircit à moitié.

— *Caramba!* je crois bien que je connais Grandjean, dit-il, il m'a donné des leçons de tir au rifle... il est affreusement laid, lourd et commun, ce cher ami... c'est un charmant garçon; qu'il soit le bienvenu!... Et votre autre compagnon, seigneurie?

— Est un cavalier accompli sous tous les rapports! Il a pour lui les qualités qui séduisent les femmes : la jeunesse, le courage, la force et la beauté. Je suis persuadé qu'Antonia sera charmée de faire sa connaissance.

Les lèvres de Panocha, qui s'ouvraient dans un sourire, se plissèrent sous une grimace.

— Ah! mon Dieu! seigneurie, s'écria-t-il, comme frappé d'une pensée soudaine, nous n'avons que deux lits disponibles au rancho! Comment fera ce cavalier si accompli? Que pensera-t-il de notre hospitalité? Eh bien! s'il est aussi accompli que vous le prétendez, il ne voudra pas nous déranger par sa présence, et il continuera son chemin. Du reste, il n'y a que seize lieues d'ici Guaymas... C'est une simple promenade!

— Le cavalier dont je parle, Andrès, n'est point homme à s'exposer à subir un refus. Il ne demande pas... il prend.

— Une bataille? s'écria le Mexicain, mais cela me va beaucoup!

— Ce cavalier, continua froidement Joaquin, a déjà tué, à lui seul, six ours gris.

— Ah! diable, seigneurie!... Oui, mais ces ours gris n'avaient probablement pas un couteau pour se défendre?

— Et que diable ferais-tu de ton couteau contre un tigre qui s'élancerait sur toi?

— Ce *cavalier accompli!* Panocha souligna avec ironie cette épithète, n'est pas un tigre...

— Dame! il en a l'impétuosité, le courage et les instincts.

Don Andrès Morisco y Malinche y Nabos baissa la tête d'un air accablé.

— A quoi penses-tu? lui demanda le Batteur d'Estrade.

— Je me rappelle maintenant, seigneurie, qu'il y a trois lits au rancho; et c'est réellement dommage, car depuis quelque temps mon couteau a besoin de prendre l'air...

L'arrivée de la petite caravane mit fin à cette conversation.

Panocha s'éloigna en adressant un geste de menace et de mépris à M. Henry, que celui-ci n'aperçut pas, par l'excellente raison que cette pantomime expressive et guerrière avait lieu derrière son dos. Le señor don Andrès Morisco y Malinche y Nabos savait allier la prudence au courage.

La pièce d'entrée dans laquelle pénétrèrent les aventuriers, était la salle à manger de la ferme. Un ameublement européen y remplaçait le dénûment à peu près complet que l'on rencontre dans tous les ranchos mexicains. Une dou-zaine de chaises garnies en joncs vernis et ayant un dossier barriolé de dessins aux couleurs éclatantes, chaises qui sortaient des fabriques des États-Unis, étaient symétriquement rangées le long des murs; une grande table en acajou massif et dont les pieds avaient été assez habilement sculptés par un artiste indigène, occupait le milieu de la pièce; un buffet, surmonté d'étagères surchargées de porcelaines anglaises, s'appuyait contre la muraille du fond; enfin un *petate*, ou natte de paille, recouvrait en entier le sol.

M. Henry, en franchissant le seuil de la porte, fit entendre une exclamation d'étonnement.

— Parbleu! j'étais loin de m'attendre à de telles splendeurs!... s'écria-t-il en souriant; c'est presque à se croire à Paris! Si la suite de notre réception répond à son début, nous n'aurons pas à nous plaindre de notre séjour ici!...

Le jeune homme prit une chaise, et s'adressant directement au Batteur d'Estrade qui déjà était assis à côté de Grandjean :

— Quel est donc, señor Joaquin, lui demanda-t-il, l'heureux propriétaire de ce rancho?

— Ne le connaissez-vous point? dit le Mexicain, ses yeux attachés sur ceux de M. Henry.

— Comment le connaîtrais-je, puisque je ne suis pas encore venu ici?

Le regard de Joaquin quitta son interlocuteur pour se porter sur Grandjean.

Le Canadien confirma par un signe de tête les paroles de son maître.

— Le propriétaire de la Ventana est une femme, reprit Joaquin.

— Jeune?

— Dix-sept ans.

— Belle?

— On le prétend.

— Ne l'avez-vous donc point vue, Joaquin?

— Moi, cent fois! Je l'ai pour ainsi dire tenue enfant sur mes genoux.

— Alors, je répète ma question : Est-elle belle?

— Et moi, ma réponse : On le prétend.

— Mais, votre opinion personnelle, Joaquin, quelle est-elle?

— Je ne saurais en avoir une, señor; car, à mes yeux, toutes les femmes, sans exception, sont d'une horrible laideur.

— Quelle monstrueuse hérésie proclamez-vous là?

— Je vous dis ce que j'éprouve, pas autre chose.

— C'est différent; les impressions ne se discutent pas...

— Non, c'est vrai, mais parfois elles s'expliquent.

— Et vous pourriez expliquer la vôtre?

— Que trop, *caramba!*... Il me suffirait d'une comparaison.

— Je demande à entendre cette comparaison?

— Avez-vous jamais rencontré sur votre route un serpent corallillo?

— Oui, une fois.

— Comment vous a-t-il semblé, ce délicieux animal, ce charmant collier qu'envierait une reine?

— J'ai une horreur instinctive et profonde pour les reptiles : leur vue me fait mal.

— Vraiment? Et savez-vous d'où vous vient cette hor-

Panocha salua courtoisement les trois aventuriers. (Page 34).

reur que presque tout le monde partage avec vous !..... de ce que vous savez que les morsures des reptiles sont mortelles,

— Après ?

Joaquin Dick alluma sa cigarette au braséro placé sur la table, savoura, en véritable fumeur, une bouffée de tabac, et, se balançant nonchalamment dans sa chaise :

— Après, demandez-vous ? mais je n'ai plus rien à ajouter ; j'ai répondu à votre question.

— Ainsi, vous prétendez que les femmes et les corallilos...

— Moi, je ne prétends rien, interrompit le Batteur d'Estrade. J'ai cité un fait, voilà tout !

— Et moi, je ne vous dissimulerai pas que vos réticences ont vivement piqué ma curiosité ; il me tarde d'être présenté à... A propos, vous ne m'avez pas encore appris le nom de la propriétaire du rancho de la Ventana ?

— Elle se nomme Antonia.

— Alors, c'est à dona Antonia que j'ai hâte d'offrir l'expression de ma reconnaissance pour sa bienveillante hospitalité. Pouvez-vous me conduire auprès d'elle ?

— Moi ? s'écria le Batteur d'Estrade de cette voix métal-

lique et vibrante qu'il avait fait entendre lors de sa discussion avec M. Henry. Ma foi, ce serait avec grand plaisir, ajouta-t-il après une légère pause et d'un ton indifférent, mais Antonia ne se trouve pas en ce moment au rancho. Elle est à la chasse !

— A la chasse ?

— Oui, à la chasse !

— Drôle d'occupation pour une jeune fille de dix-sept ans !... Après cela, si c'est qu'elle accompagne quelque parent !

— Antonia n'a pas de parents... Elle est partie seule avec sa carabine.

— Tudieu !... c'est donc une amazone que cette demoiselle Antonia !... Je parie, quoique je ne l'aie jamais vue, que je trace maintenant son portrait.

— Vous vous avancez beaucoup ! et que représenterait-il, ce portrait fait *au juger* !

— Des traits fortement accentués, une cambrure virile, des mains épaisses et une taille de cinq pieds trois pouces.

— Votre sagacité ne répond pas à votre présomption. Vous aviez à esquisser un corallilo, et vous avez peint un boa constrictor.

— Ah ! et cette demoiselle Antonia habite seule le rancho de la Ventana ?

— Seule avec ses serviteurs.

— Pourtant ce rancho isolé présente peu de garanties de sécurité, témoin l'apparition actuelle des Apaches dans ces parages-ci.

— Antonia est brave.

— Je ne conteste pas l'intrépidité de cette jeune héroïne, mais la bravoure sans la force constitue plutôt un danger qu'une défense.

— La *Fille de la Vierge* n'a rien à redouter des Peaux-Rouges, loin de là. Ils la respectent à l'égal d'un fétiche vivant.

— La fille de la Vierge ! de qui parlez-vous, señor Joaquin ?

— Mais toujours d'Antonia.

— Ah ! on la nomme la fille de la Vierge, cette señorita! c'est un joli sobriquet d'opéra-comique ! Savez-vous à quelle circonstance elle doit ce surnom ?

— Certes, à une circonstance assez étrange. Il y a sept ans de cela, Antonia, qui était à cette époque une enfant de dix ans, fut enlevée par les Peaux-Rouges...

— C'était débuter de bonne heure.

— Laissez-moi achever. Antonia fut enlevée, dis-je, par les Peaux-Rouges, à la suite de l'incendie et de la dévastation du rancho de la Ventana. La pauvre enfant, jetée en travers sur le cheval de son ravisseur, s'écria dans son effroi : « Ah ! sainte Vierge, protégez-moi ! » Au même instant, un orage, qui depuis le matin menaçait d'éclater, se déchaîna avec furie, et l'Indien qui emportait Antonia tomba foudroyé. Dans ce coup de tonnerre, qui avait le mérite de l'à-propos, les Indiens crurent voir un miracle. Ils se prosternèrent devant Antonia, déposèrent à ses pieds le butin qui provenait du pillage du rancho, et s'éloignèrent en la suppliant de ne pas les punir, car ils lui attribuaient un pouvoir occulte et sans bornes. Depuis cette époque jusqu'à ce jour, il y a eu entre les Peaux-Rouges de toutes les tribus et la fille de la Vierge un continuel échange de bons procédés. Antonia prétend que ces Indiens sont, au demeurant, les meilleures gens du monde, et que, si la race blanche ne prenait pas plaisir à les traquer comme des chiens enragés, ils seraient très-doux et inoffensifs. En ceci, je ne vous le cache pas, je suis un peu de l'avis d'Antonia.

Un assez long silence suivit le court récit du Batteur d'Estrade. M. Henry, le coude appuyé sur la table et sa tête dans sa main, paraissait livré à de profondes méditations. Du reste, depuis son arrivée à la ferme, un changement notable, s'était opéré dans ses manières. Ce n'était plus l'homme aux allures impérieuses, au parler bref et tranchant de la forêt Santa-Clara ; il ressemblait plutôt alors à un commensal habituel des meilleurs salons de Paris, qu'à un aventurier de la prairie.

C'était également la première fois que M. Henry adressait la parole au Batteur d'Estrade depuis l'altercation qu'ils avaient eue ensemble.

Le dialogue qu'ils achevaient d'échanger n'indiquait, on vient de le voir, ni aigreur, ni aigreur, ni rancune. Le calme de ces deux hommes n'était-il qu'apparent, et cachait-il encore une sourde haine ? c'est ce que l'observateur le plus profond et le plus sagace n'aurait pu décider.

L'entrée de Panocha dans la salle à manger attira en ce moment les regards des nouveaux venus, et véritablement le señor don Andrès méritait bien cette attention. Sa toilette était des plus remarquables : son chapeau, en fin poil de vigogne, était entouré d'une *toquilla* d'une grosseur démesurée ; sur cette toquilla, tressée en perles, une main féminine, sans doute, avait semé à profusion des cœurs transpercés d'une flèche et des essaims de colombes frémissantes. Au Mexique, l'allégorie, plus sentimentale qu'ingénieuse, en est encore à l'enfance ; cette toquilla était connue et admirée à vingt lieues à la ronde.

Panocha avait remplacé sa veste de travail par un dolman de drap fin d'une couleur bleu de ciel et soutaché d'un mince galon noir sur toutes les coutures. De dessous la veste sortait, en plis bouffis, une chemise de batiste couverte de broderies ; au milieu du jabot brillaient, ou du moins reluisaient, deux gros blocs de cristal de roche mal taillés en forme de diamants et enchâssés dans une abominable monture en cuivre oxydé. Une *faja* ou ceinture de crêpe de Chine, d'un vert tendre, lui serrait le corps en lui donnant une fine taille de hussard ; les extrémités de cette ceinture étaient garnies d'une frange en or faux ; enfin, des calzoneras en velours grenat, ornées tout le long des jambes d'une rangée de boutons creux et guillochés, suspendus à de longues tiges d'argent, complétaient, avec une paire de bottines jaunes en cuir de Cordoue, le galant déshabillé de l'illustre Panocha.

A l'air de satisfaction qui épanouissait son visage, il était facile de voir que le señor don Andrès Morisco y Malinche y Nabos connaissait sa beauté, et qu'il était fier de son bon goût. Le regard empreint d'une douce commisération qu'il laissa tomber sur M. Henry disait clairement aussi qu'il était revenu de ses sottes alarmes, et qu'il ne craignait plus la concurrence d'un rival.

— Que tu es *guapo* (ou beau) aujourd'hui, ami Andrès ! s'écria Joaquin, dois-tu donc te rendre à une fête ?

— Je suis tous les jours ainsi, seigneurie, répondit Panocha en regardant sournoisement M. Henry ; cet habillement est mon costume quotidien.

— Mais alors, Antonia doit être folle de toi ?

— J'ignore quels sont les sentiments de la señorita à mon égard, dit Panocha d'un air discret en baissant modestement les yeux. Quand bien même votre supposition serait vraie, señor Joaquin, je ne saurais en convenir ! Ce ne serait pas agir en caballero ! Mais il se fait tard et vous devez avoir faim ; je cours surveiller les apprêts du dîner.

Panocha, ravi de l'effet qu'il venait de produire, salua courtoisement les trois aventuriers, et s'éloigna en se disloquant les hanches par de gracieuses contorsions.

— Quel est cet idiot ? demanda M. Henry en s'adressant à Joaquin.

— C'est le majordome, ou, pour être plus exact, le principal domestique de dona Antonia.

— Et vous croyez que cette jeune fille aime ce grotesque personnage ? continua le jeune homme d'un ton de mauvaise humeur très-prononcé.

— Pourquoi pas ? Andrès, que vous jugez avec vos préjugés et vos souvenirs, serait peut-être grotesque en Europe, mais, ici, nous ne sommes plus en France ! Tel cavalier de noir tout habillé, que les femmes les plus difficiles de votre pays considèrent comme un type d'élégance, paraîtrait probablement peu séduisant à nos *rancheras*. Un défaut commun à tous les Européens, c'est de trouver ridicules et déplacés les mœurs et les costumes qui ne sont pas les leurs! Prenez-vous-en à la nature, qui fait pousser l'acajou dans nos forêts et le chêne dans les vôtres... les habitudes, et, par suite, la manière d'envisager les choses, changent avec les climats... Mais on dirait vraiment que ma réponse vous contrarie!...

— Et ce serait ma foi vrai!...

— Ah bah! expliquez-vous...

— Oh! c'est un enfantillage d'esprit, un caprice d'imagination qui m'a passé par la tête et ne vaut pas la peine d'être répété.

— Préférez-vous parler affaire?... Alors, entamons la grave question de la récolte du coton et du prix des suifs...

— Vous avez raison, Joaquin, voilà longtemps que je n'ai causé... Eh bien! je vous avouerai que tout à l'heure je m'étais amusé à bâtir un roman dont Antonia était l'héroïne!... Cette jeune et jolie fille de dix-sept ans, qui vit bravement au milieu de la solitude et à portée des Apaches, prête merveilleusement, vous en conviendrez, à la fantaisie... J'étais en train de doter notre hôtesse actuelle de toutes les grâces, de toutes les séductions imaginables, lorsque ce rustre de... Comment appelez-vous ça?...

— Andrès en public, Panocha dans l'intimité.

— Lorsque ce rustre d'Andrès Panocha m'a rappelé par sa présence au sentiment de la réalité et a fait évanouir mon rêve!

— Et si vous n'aviez pas rêvé señor don Enrique?

— Qu'entendez-vous par là?

— Si votre poétique création se trouvait être inférieure à celle de la nature; si Antonia possédait en réalité et au centuple les grâces et les séductions dont vous vous êtes plu à l'orner, que feriez-vous? que penseriez-vous? quelle serait votre conduite?

— Parlez-vous sérieusement, Joaquin? demanda vivement le jeune homme.

— Peu importe! il ne s'agit encore que d'une hypothèse... Nous verrons tout à l'heure... Avant de m'expliquer d'une façon plus positive, j'exige une réponse catégorique et précise.

— S'il en était ainsi que vous dites, Joaquin, je passerais une semaine au rancho de la Ventana.

— Et après?

— Après, parbleu! Eh bien! j'irai là où m'appelle le soin de mes intérêts et de mes affaires.

— Quoi! vous auriez ce courage, quand bien même Antonia vous aimerait... et vous l'avouerait?

— Ce courage me serait facile, Joaquin; car j'ai pour principe invariable de ne voir dans l'amour qu'un simple délassement d'esprit et rien autre chose! Ceux qui, sur ce sentiment, sincère seulement à son début, font reposer le bonheur de leur vie entière, sont des cœurs faibles et mesquins, plus dignes encore de pitié que de blâme! Je n'ai jamais compris comment les hommes de quelque valeur pouvaient mettre leur intelligence et leur bras au service absolu des caprices d'une femme! De toutes les folies humaines, celle-là me paraît la seule inexplicable.

— A la bonne heure! voilà ce qui s'appelle parler d'or, s'écria Joaquin avec une joie qui avait quelque chose de farouche. Oui, je vous approuve. Vous avez cent fois, mille fois raison! Faibles, lâches ou insensés sont ceux qui placent le bonheur de leur existence sur l'amour d'une femme; ils s'exposent à une banqueroute presque certaine. Et, ma foi! moins bienveillant que vous, j'ajoute qu'ils n'ont que ce qu'ils méritent!

L'animation extraordinaire avec laquelle le Batteur d'Estrade prononça ces paroles, lui, d'ordinaire si maître de ses impressions, surprit vivement M. Henry. Il cherchait un biais pour changer cet entretien en confidence, quand un coup de feu, tiré tout près du rancho, fit entrer Grandjean dans la conversation.

— Voilà une carabine qui a été mal chargée, dit-il, et qui n'a pourtant pas été chargée par un Mexicain.

— Qui vous fait dire cela? demanda Joaquin, que cette interruption parut ne pas contrarier.

— L'observation et le bon sens, seigneurie, répondit le géant. Le peu d'ampleur du son m'apprend que la dose de poudre n'était pas suffisante, et l'abus que font les Mexicains de la poudre me donne à conclure que cette arme n'a pas été chargée par l'un d'eux; c'est simple comme tout.

Joaquin Dick se leva de dessus sa chaise et s'en alla regarder à la porte.

— Gare à vous, monsieur Henry, dit-il en se retournant vers le jeune homme resté à sa place. Gare à vous, voici un corallilo!...

— Un corallilo!

— Avez-vous déjà oublié ma comparaison? reprit le Batteur d'Estrade avec un sourire affecté. Oui, alors, je retire mon allusion, et je vous annonce tout simplement la señorita Antonia.

L'empressement avec lequel M. Henry avait quitté sa chaise montrait combien sa curiosité était excitée; il allait franchir le seuil de la porte, lorsqu'il s'arrêta et s'effaça pour laisser passer la maîtresse du logis; mais la jeune fille resta au dehors.

— Te voilà donc, Joaquin, s'écria-t-elle en tendant sa petite main au Batteur d'Estrade, je désespérais déjà de te revoir! Sois mille fois le bienvenu!... Mais non, laisse-moi d'abord te gronder... je te remercierai après. Sais-tu que c'est bien mal d'oublier ainsi ses amis? car, enfin, il y a près de trois mois que je suis sans nouvelles de toi! Et aujourd'hui encore, qui sait si le hasard plutôt que ton affection n'est pas ce qui t'a conduit au rancho de la Ventana?

A mesure que la jeune fille parlait, le visage du Batteur d'Estrade prenait une expression de tendresse qui le rendait complétement méconnaissable. Joaquin semblait, sous l'influence d'un charme magnétique, avoir perdu la conscience de la réalité.

Cette douce extase ne fut pas, du reste, de longue durée; secouant bientôt sa tête d'un air moqueur, il laissa retomber la main de la jeune fille qu'il avait gardée dans la sienne.

— Je n'ai jamais, dit-il, pu parvenir à me rendre compte de cette manie que possèdent toutes les femmes d'exhiber à propos de rien des trésors de sensibilité!... Peut-être bien est-ce un moyen qu'elles emploient pour cacher l'indifférence réelle et l'égoïsme profond qui forme le fond de lcur caractère... Merci, Antonia, de l'intérêt que tu me témoignes... Ce n'est que de la politesse, mais je dois toujours t'en savoir gré. Moi, je serai plus franc, et je t'avouerai tout naïvement que mon arrivée à la Ventana est, en effet, le fait du hasard.

— Ainsi, tu es donc toujours le même? dit la jeune fille en riant d'un rire frais et perlé qui ressemblait à un gazouillement d'oiseau. Tu as peur que l'on sache que tu es bon, et tu joues du mieux que tu peux ton rôle d'homme méchant. C'est une plaisante idée que tu as là, Joaquin! Heureusement qu'elle ne nuit à personne, pas même à toi. Ah! à propos, tu n'es pas venu seul, n'est-ce pas? j'ai aperçu plusieurs chevaux dans le *corral*. Qui t'accompagne?

— Des domestiques mexicains, Grandjean que tu connais, et un jeune étranger qui désire vivement te voir et que je vais te présenter.

— Un étranger qui désire vivement me voir, moi? et pourquoi donc?

— Parce que cet étranger, un charmant caballero, a entendu vanter partout ta beauté sans pareille.

Un nouvel éclat de rire, mais moins franc, moins spontané que le premier, sortit des lèvres roses et fraîches de la jeune fille.

— Tu apportes dans tes plaisanteries, une gravité à laquelle je me laisse toujours prendre, Joaquin, dit-elle; puis, après une hésitation à peine marquée, Antonia ajouta:

— Mais, non, cette fois, tu as l'air de parler sérieusement!... Est-il donc vrai que je sois jolie? ne me trompes-tu pas? dis: est-ce vrai?

— Si je te réponds oui, seras-tu contente?

— Oh! certes, bien contente!

— Pourquoi?

Antonia se mit à réfléchir; l'étonnement naïf, qui se peignit bientôt sur son délicieux visage, aurait convaincu le plus sceptique et le plus incrédule que la jeune fille n'avait jamais songé, jusqu'à ce jour, aux avantages de la beauté.

— Je ne sais pas dit-elle enfin; n'importe! je voudrais bien être jolie!...

Depuis que la jeune fille avait adressé sa délicate question, le Batteur d'Estrade était devenu tout soucieux.

— Tu oublies, Antonia, dit-il tout à coup, comme s'il se réveillait d'un profond sommeil, que tu manques en ce moment-ci aux devoirs de l'hospitalité!

— Moi!... Pourquoi? comment?

— En tardant aussi longtemps à souhaiter la bienvenue à ton hôte?

— Ah! mon Dieu! tu as raison, Joaquin! J'avais oublié cet étranger! Où est-il? Pourvu que Panocha ait eu soin de lui offrir des rafraîchissements! Il est parfois si fier et si bizarre, ce pauvre Panocha!

— Cet étranger est ici! répondit Joaquin en se retirant de devant la porte et en indiquant d'un geste la salle à manger.

La jeune fille entra.

— Señor, dit-elle en saluant gracieusement M. Henry, veuillez considérer cette maison comme étant la vôtre! Tout ce qui est ici vous appartient!

Après avoir plutôt récité que dit cette formule invariable et monotone de la politesse mexicaine, Antonia leva les yeux sur le jeune homme, et tressaillit; une expression indéfinissssable, et dont le caractère prédominant se rapprochait de l'effroi, fit passer comme un nuage sur son front rayonnant de jeunesse, d'innocence et de pureté.

Quant à M. Henry, l'air gauche, embarrassé, profondément troublé, il s'inclina devant Antonia en balbutiant quelques paroles à peu près inintelligibles.

— Ah! ah! ah!... Dieu me pardonne, j'étais loin de m'attendre à une telle entrevue! s'écria le Batteur d'Estrade en accompagnant ces paroles d'un rire aigre et nerveux, la candeur fascinée par l'audace, et l'audace foudroyée par la candeur!... Mais cela fait vraiment tableau!... Allons!... allons!... allons! voilà qui commence bien et promet d'attendrissantes péripéties pour l'avenir.

Antonia regarda Joaquin avec de grands yeux étonnés, et le jeune homme reprenant son sang-froid, répondit en souriant:

— J'ai porté la peine, non de mon audace, mais de mon imprudence!... J'ai été, non pas foudroyé, mais ébloui... En effet, c'est folie de regarder le soleil en face.

Antonia avait écouté attentivement ce compliment entortillé et suranné, mais elle ne l'avait pas compris: aussi garda-t-elle le silence.

Il faut cependant reconnaître que la conduite de M. Henry, conduite dont il ne se serait certes pas cru capable quelques minutes auparavant, était parfaitement motivée par l'apparition, c'est le mot, de sa jeune hôtesse.

Antonia présentait, dans sa personne, un de ces types exceptionnels de beauté et de formes que les anciens poëtes de Vieille-Castille ont été seuls assez heureux pour voir et pour chanter, types merveilleux que fit éclore la domination des Maures en Espagne, et qui brisa à Cordoue l'épée de Gonzalve victorieux.

Sa chevelure noire, d'une abondance et d'une finesse inouïes, deux qualités rarement réunies, avait des reflets blonds s'il est permis de s'exprimer ainsi, qui, tout à la fois, en doublaient et en adoucissaient l'éclat. Ses yeux, d'un bleu foncé, voilés par de longs cils, et fendus avec cette perfection inimitable qui relève directement de Dieu, promettaient des trésors de tendresse que démentait la chaste et calme assurance de son maintien.

Sa bouche, chef-d'œuvre de la nature, à enthousiasmer et à décourager un grand peintre, était si fraîche et si délicate qu'elle paraissait comme une fleur douée d'un parfum. Quant à ses petites dents d'une admirable blancheur et rangées avec une irréprochable régularité, si elles ne ressemblaient pas à des perles, car les perles sont généralement nuancées de gris ou de bleu, elles offraient le type des dents espagnoles, c'est-à-dire des plus jolies dents qui soient au monde. Son nez, sans présenter cette ligne droite et un peu tranchante qui se retrouve souvent dans les keepsakes anglais, avait une finesse extrême; l'expressive mobilité de ses narines imprimait à sa physionomie, selon les émotions qui l'agitaient, un air de mutinerie enfantine ou de fierté castillane capable de trouver un sage anachorète ou de faire baisser le regard le plus effronté. Antonia était plutôt petite que grande, mais sa taille était si souple, sa jambe si fine, sa démarche si gracieuse, que ce défaut, si c'en est un, devenait chez elle une qualité.

Quant à ses pieds et à ses mains, ils étaient, comme ses

dents espagnols dans toute l'acception du mot, c'est-à-dire, irréprochables et au-dessus de toute exagération.

Le costume que portait la jeune fille était fort simple, et pourtant il lui allait à ravir.

Sur sa tête, un grand chapeau de paille la garantissait des atteintes du soleil; un corsage d'étoffe de foulard, qui dessinait sa taille adorable, sans nuire à la liberté de ses mouvements, était réuni à un *corte de tunico* ou espèce de jupe mexicaine par une *faja* en crêpe de Chine.

Ce *corte de tunico* assez court, selon l'usage du pays, laissait apercevoir la naissance de la jambe d'Antonia. Des bottines, d'une forme un peu différente de celles d'Europe et assez semblables aux chaussures des Hongroises... de l'Opéra, défendaient ses petits pieds cambrés contre les aspérités du sol et la morsure des insectes venimeux dont abonde la Basse-Californie. Antonia portait à la main une légère et riche carabine que des ornements trop visibles et d'assez mauvais goût indiquaient comme étant d'origine belge.

L'arrivée de l'illustre Panocha fit cesser un silence gêné et contraint, qui, depuis la présentation de M. Henry à Antonia, s'était établi dans la salle à manger du rancho.

L'empressement que mit la charmante enfant à interpeller son majordome, prouvait que ce silence glacial l'embarrassait, et qu'elle avait hâte d'y mettre fin.

— Eh bien! Andrès, dit-elle, es-tu content de ta journée? As-tu bien travaillé? La récolte de maïs sera-t-elle belle?

Ces questions, dont il ne pouvait deviner le vrai motif, parurent produire sur le Mexicain une impression peu agréable.

Il releva la tête d'un air majestueux, campa son poing sur sa hanche, et se dandinant d'une façon toute gracieuse:

— Vous savez bien señorita, dit-il, que je ne travaille jamais! Un caballero se doit à son rang... Vos *pions*, que j'ai rencontrés tantôt, pendant que j'étais en promenade, m'ont semblé assez assidus à leur ouvrage. Si je ne me trompe, ils m'ont même assuré que le rendement de la *milpa* (1) sera des plus satisfaisants.

— Bien!... bien! Andrès... Ordonne, je te prie, que l'on serve le dîner; ces messieurs doivent avoir faim.

— Ah! oui, s'écria d'une voix de stentor Grandjean, qui, sérieusement occupé à déguster un énorme verre de *mescal* ou eau-de-vie indigène placé devant lui, n'avait pas encore pris part à la conversation; oh! oui, ce n'est pas de refus!

Le Canadien parlait peu; mais, en revanche, ce qu'il disait était ordinairement frappé au coin du bon sens et de la pratique de la vie.

— Du moment où vous me priez d'une chose, je suis à vos ordres, señorita! répondit Panocha en s'inclinant devant la jeune fille.

— Ce Panocha me paraît un drôle de corps! dit M. Henry en suivant d'un regard moqueur le Mexicain qui s'éloignait.

— Andrès possède des qualités sérieuses, répondit Antonia. J'ai une confiance entière dans son dévouement et sa fidélité. Quant aux petits travers qui vous ont choqué en lui, je serais coupable de les remarquer, car j'en suis peut-être cause...

— Je ne vous comprends pas señorita, daignez nous expliquer!...

_____
(1) Champ défriché dans une forêt.

— Mais je ne puis vraiment pas trahir les secrets de ce bon Panocha, reprit la jeune fille d'un air mutin et enjoué!... Après tout, comme ce secret ne m'a pas été confié et que je l'ai deviné, il m'appartient!... Sachez donc que si Panocha s'affuble de si singulières toilettes, s'il se retranche avec tant de morgue dans sa dignité, s'il prône si haut sa qualité d'hidalgo, — il a déjà dû vous apprendre qu'il se croit hidalgo, n'est-il pas vrai? — c'est tout simplement parce qu'il veut me plaire!...

— Ah! le señor Panocha vous aime?

— Il est fou de moi... il en perd la tête! répondit gaiement Antonia.

Le jeune homme allait accueillir cet aveu par un compliment; mais, après avoir hésité, il resta silencieux, et se mit à considérer avec une nouvelle attention le délicieux visage de la jeune fille.

— Cette enfant est-elle tout simplement une petite coquette campagnarde, une sorte de Célimène des bois, ou bien une création d'élite et tout exceptionnelle de la nature? se demandait-il; c'est ce qu'il ne m'est pas encore possible de décider! Bon! voilà que je fais fausse route! Je m'aveugle à plaisir!... Quelle bizarre propension a donc l'homme à écouter plutôt le fou caquetage de l'imagination que la voix logique de la raison? c'est que probablement les images qu'enfante notre imagination sont le reflet de nos désirs, tandis qu'au contraire les accents de la vérité nous arrachent à nos rêves les plus doux! Antonia, une création d'élite et tout exceptionnelle de la nature!... Ah! ah! ah! parole d'honneur, je m'admire dans ma naïveté! C'est à croire que j'ai quitté d'hier les bancs du collège!... D'où diable m'est venue cette pensée? Quelque réminiscence, sans doute, de mes lectures de jeunesse! Le domaine du roman, ce pays magique, découvert par des cerveaux creux et fréquentés par des oisifs, peut être fort agréable à parcourir pour les personnes qui, se sentant incapables d'arriver à rien par elles-mêmes, éprouvent le besoin de se créer une existence factice; mais je serais impardonnable de me laisser prendre à ces puériles rêveries. Antonia est adorablement belle... c'est vrai... et encore ne devrais-je pas me prononcer d'une façon si absolue sans l'avoir vue auparavant vêtue à l'européenne, car le pittoresque de son costume contribue probablement pour beaucoup à l'éclat de sa beauté... Non! non! cette fois-ci je vais trop loin... ouvrière ou grande dame, Mexicaine ou Française, coiffée d'un chapeau, d'un bonnet ou d'un *rebozo*, Antonia serait toujours un véritable chef-d'œuvre de la nature, mais rien de plus, et c'est déjà bien assez... Née et élevée dans une contrée à peu près sauvage et inhabitée, elle n'a pas rencontré encore l'occasion de développer ou de démasquer ses petites passions, et elle conserve toute la poésie de l'ignorance... Oui, mais qu'elle trouve par hasard un adorateur possible... un peu moins ridicule que Panocha, et je parierais ma tête que la señorita Antonia se lancera à corps perdu dans un amour banal et mesquin, qui n'aura pas même pour lui la sémillante et traîtresse allure d'un caprice de grisette. Et pourquoi, au fait, ne serais-je pas l'homme de cet amour? Bah! je ne suis pas venu en Amérique pour gaspiller en enfantillages un temps précieux! Je dois suivre d'un pas infatigable et sûr, sans me laisser détourner par rien, la route que je me suis tracée. Dieu! que cette enfant est belle ! c'est à n'en pas croire ses yeux ! Parbleu ! s'arrêter en route, ce n'est pas se détourner de son chemin... c'est faire une halte... pas autre chose !

Le jeune homme contempla pendant quelques instants Antonia, tout en paraissant sourire à une pensée intime.

Le dîner qu'une servante apporta en ce moment mit un terme aux réflexions du jeune homme.

Grandjean, ses deux larges coudes appuyés sur la table, regardait avec une satisfaction évidente, et qu'il ne songeait nullement à dissimuler, les plats que la servante déposait devant lui.

— Holà ! *muchacha*, dit-il à la domestique, donne-moi une serviette bien blanche.

Quand par hasard, hasard qui se représentait bien rarement, le Canadien se voyait assis devant une table régulièrement servie, il se figurait qu'il assistait à une véritable débauche de luxe, et alors, ma foi ! il voulait que la fête fût complète, et il ne reculait devant aucun des raffinements de la civilisation : témoin cette extravagante demande d'une serviette blanche.

Quoique M. Henry, assis à côté d'Antonia, s'occupât bien plus de sa voisine que du repas, il ne put s'empêcher de remarquer la composition du dîner; les plats étaient tous de façon européenne.

— Réellement, señorita, dit-il, depuis quelques jours le département de la Sonora s'est changé pour moi en une terre enchantée... Je marche de surprises en surprises. D'abord, la rencontre du señor Joaquin Dick, un batteur d'estrade probablement unique en son genre; ensuite votre apparition si radieuse, si éblouissante, que j'en suis encore à me demander comment et pourquoi vous êtes si belle ! Plus tard, passant des personnes aux choses, la découverte d'un rancho, tenu avec l'élégante coquetterie d'une maison de plaisance européenne; et enfin, maintenant, me voilà assis devant un dîner qui, si j'avais quelques tendances à la nostalgie, m'attendrirait jusqu'aux larmes, en me rappelant ma patrie... En présence de tant de sujets d'étonnements, veuillez excuser ma curiosité et me pardonner ma question : Êtes-vous réellement née au Mexique ; avez-vous toujours habité la ferme de la Ventana !

— Non, señor, je suis née de l'autre côté des mers... j'avais huit ans lorsque je suis arrivée au Mexique.

— Non pas seule, sans doute, poursuivit le jeune homme en souriant.

— J'étais avec ma mère...

Une adorable expression de tristesse passa sur le front de la jeune fille, ainsi qu'un nuage blanc dans un ciel d'azur.

— Et madame votre mère... est...

Le jeune homme hésita; puis avec une sensibilité qu'éveillait en lui la beauté d'Antonia, il ajouta :

— Madame votre mère est retournée vers Dieu ?

— Ma mère a été tuée par les Peaux-Rouges, qui pillèrent, il y a six ans, le rancho de la Ventana.

M. Henry observa tout juste le silence commandé en une pareille circonstance par les convenances, et reprenant la parole d'une voix qu'il s'efforçait de rendre indifférente, mais qui, malgré lui, trahissait un vif intérêt :

— Et maintenant, señorita, vous habitez seule ce rancho ?

— Seule de corps, mais non de pensée, car ma mère est toujours avec moi !

— *Caramba !* Il est plus d'une jeune fille qui s'arrangerait fort d'une surveillance aussi peu incommode ! s'écria le Batteur d'Estrade, qu'en pensez-vous, señor don Henrique ?

Il y avait dans cette demande une expression d'ironie douloureuse et une allusion directe qui n'échappèrent pas à M. Henry; toutefois, il eut l'air de ne s'apercevoir de rien, et il répondit froidement :

— La señorita a une beauté qui commande l'admiration, et un esprit qui impose le respect... dans de telles conditions on peut regretter l'amour d'une mère, mais on n'a nul besoin d'une surveillante.

Le repas s'acheva dans le silence, Grandjean attaquait le menu avec une victorieuse violence, et Panocha, sa serviette encore pliée sur son assiette, regardait Antonia tout en épluchant une orange. Panocha, avant de se mettre à table, avait largement satisfait, en cachette, son appétit à la cuisine, car, pour rien au monde, il n'aurait consenti à toucher à un plat en présence d'Antonia !... Le galant majordome possédait trop à fond la science de la civilité mexicaine pour jamais manger devant une femme... Fi donc ! cela eût été indigne d'un caballero.

— Señores, dit Antonia en se levant de table, que je ne vous dérange en rien. Vous devez vous mettre en route de bonne heure, et le repos vous est nécessaire. Vos chambres sont prêtes. A propos, Andrès, ne dois-tu pas partir demain pour Guaymas ?

— Oui, señorita, et je resterai absent deux jours en tout. Au reste, à présent que la récolte de maïs est... Qu'est-ce que cela me fait à moi, la récolte du maïs ? continua vivement Panocha, qui s'était interrompu au beau milieu de sa phrase; est-ce que ces choses-là me regardent ?... Je serai de retour après-demain.

M. Henry, au lieu de profiter de la liberté que lui donnait la jeune fille, laissa sortir Grandjean et Panocha de la salle à manger ; puis, s'inclinant gracieusement devant Antonia :

— Señorita, lui dit-il, il me reste non-seulement à vous remercier de votre généreuse et gracieuse hospitalité, mais encore à solliciter une nouvelle preuve de votre bonté.

— Que désirez-vous señor ?

— La continuation de cette même hospitalité. Oh ! je vous en conjure, señorita, n'ayez pas mauvaise opinion de moi en me voyant si exigeant et si audacieux. Le long voyage que je viens de faire m'a brisé. J'aurais peur, s'il ne m'est permis de prendre un peu de repos, de ne pouvoir arriver jusqu'à Guaymas.

— Ce que vous appelez une preuve de ma bonté, est tout bonnement un droit qui vous appartient, señor... comme à tout le monde ! Il y a toujours une place à la table et sous le toit du rancho de la Ventana pour ceux qui se présentent au nom de l'hospitalité ? Je vous l'ai déjà dit et je vous le répète, cette maison est à votre disposition... considérez-la comme étant la vôtre... Vous êtes ici chez vous !

L'indifférence avec laquelle la jeune fille prononça ces paroles donnait une bien moindre portée à leur signification; néanmoins elles parurent causer un vif plaisir à M. Henry, qui, saluant Antonia, se dirigea vers la porte.

— Mauvais prétexte, mais bon résultat, lui dit rapidement à demi voix le Batteur d'Estrade, en l'arrêtant au passage.

M. Henry leva les yeux sur son interlocuteur et sortit sans lui répondre. Joaquin Dick était pâle comme un mort.

VIII

LE SECRET D'ANTONIA.

Resté seul avec Antonia, Joaquin Dick se mit à se promener de long en large dans la salle à manger ; son pas irrégulier et nerveux accusait, soit une extrême irrésolution, soit une douloureuse tension d'esprit. Quelques monosyllabes inintelligibles qui, de temps à autre, s'échappaient de ses lèvres, prouvaient par-dessus tout la violence de ses préoccupations, car le Batteur d'Estrade prenait ordinairement grand soin de ne trahir, par aucun signe extérieur et visible, les émotions qu'il ressentait.

Antonia, le bras appuyé contre le dossier d'une chaise, suivait les mouvements de Joaquin d'un regard empreint d'une bonté qui atteignait presque à la tendresse.

— Antonia lui dit le Batteur d'Estrade en s'arrêtant brusquement devant elle, depuis la dernière fois que je t'ai vue, un grave événement a dû prendre place dans ta vie ? Tu rougis... tu te tais... C'est bien... Ton silence m'apprend deux choses : que tu as un secret, et que ta bouche n'est pas encore habituée au mensonge. *Caramba !* je ne te demande pas ce secret ; garde-le, il m'importe si peu de le savoir ! Seulement, fais-moi grâce dorénavant de ces fausses démonstrations d'amitié dont tu m'accables chaque fois que le hasard me conduit au rancho... J'ai sans doute tort de te parler ainsi, car tu vas peut-être t'imaginer que tu m'as froissé dans mon affection pour toi... ce serait une erreur... Tu m'as toujours été complétement indifférente, Antonia, ce qui m'irrite, et ce mot va même plus loin que ma pensée, c'est que tu te figures que je suis ta dupe, que je prends au sérieux l'étalage de tes beaux sentiments... Je sais bien que c'est montrer là un sot et puéril amour-propre... Que veux-tu ? chacun a ses faiblesses et ses défauts. Moi, je ne puis supporter l'idée que quelqu'un croie se moquer de moi. J'ai juré, il y a de cela aujourd'hui de longues années, que jamais je ne serais la dupe de qui que ce soit... et, vrai Dieu ! j'ai bien tenu mon serment.

La parole heurtée de Joaquin Dick donnait un flagrant démenti à l'indifférence dont il se vantait ; dans sa voix, tour à tour émue et ironique, la tendresse l'emportait sur la colère ; il était évident qu'il souffrait horriblement.

L'attaque un peu brutale du Batteur d'Estrade ne parut nullement offenser Antonia ; si ce n'est un doux sourire et une légère rougeur qui entr'ouvrit ses lèvres et passa sur son front, on aurait eu le droit de penser que les reproches de son vieil ami avaient rencontré en elle une indifférence complète.

— Mon bon Joaquin, lui dit-elle, tes accusations me sont précieuses ; car elles me confirment davantage dans ma croyance que tu me portes un véritable et sincère intérêt.

— Allons donc !

— Pourquoi te défendre d'un bon sentiment, Joaquin ? Si tu ne m'aimais pas, tu n'aurais pas été si méchant... Ne m'interromps pas, je t'en prie ; laisse-moi d'abord me disculper, ensuite tu me donneras un loyal *abrazo*, et entre nous il n'y aura plus aucun nuage. Tu prétends que j'ai des secrets pour toi, que je t'ai caché un événement important dans mon existence ? Tes accusations, fausses tout à l'heure, seraient peut-être vraies, à présent que tu viens de m'ouvrir les yeux.

La jeune fille s'arrêta pendant quelques secondes, mais surmontant bientôt le mouvement de timidité ou de confusion qui l'avait fait interrompre sa phrase, elle reprit d'une voix qui, malgré son émotion et sa douceur, décelait la résolution et la franchise :

— Si je n'ai pas provoqué moi-même cette conversation que maintenant j'ai l'air de subir, Joaquin, dit-elle, c'est d'abord parce que, depuis ton arrivée au rancho, je ne me suis pas trouvée seule avec toi ; ensuite, je te le répète, parce que je ne me doutais pas qu'il s'était produit un changement dans mon existence. Et qui sait même si... Enfin, je t'assure, Joaquin, que, loin de redouter ou de fuir ta bienveillante curiosité, je considère ta présence ici comme un grand bonheur pour moi. Tu as de l'expérience, toi ; tu m'aideras à voir clair dans mon cœur.

En dépit de l'indifférence qu'il avait déclaré éprouver pour le secret d'Antonia depuis qu'elle parlait, Joaquin Dick l'écoutait avec une anxieuse attention ; son irritation acquit même bientôt une telle intensité, qu'il interrompit Antonia, malgré sa prière, avec une vivacité extrême.

— Ainsi, s'écria-t-il, j'ai deviné juste ! Cet air de mélancolie, que j'ai remarqué aujourd'hui en toi pour la première fois, ce désir d'être belle, que tu as manifesté avec une candeur presque audacieuse, le peu d'empressement que tu as mis à voir l'étranger, M. Henry, qui m'accompagnait, tout cela n'était pas le fait du hasard. Cette tristesse, cette coquetterie, cette indifférence, étaient d'irrécusables indices de la métamorphose qui vient de s'opérer en toi.

Le Batteur d'Estrade se mit à se promener d'un air agité et irrésolu ; on eût dit qu'il redoutait et souhaitait ardemment à la fois la fin de cette confidence. Enfin, il parut prendre son parti.

— Tu as un amant, n'est-il pas vrai, Antonia ? dit-il avec un calme glacial et qui contrastait étrangement avec l'agitation qu'il achevait de montrer.

Cette question, si brutalement précise, ne produisit aucune impression sur la jeune fille.

— Non, Joaquin, dit-elle, en accompagnant sa réponse d'un lent et adorable mouvement négatif de tête, je n'ai pas encore d'amant.

Il y avait dans la voix d'Antonia un tel accent de pureté et d'insouciance, qu'il n'était pas possible de se méprendre au sens réel de ses paroles. La jeune fille se figurait, dans sa chaste ignorance, avoir répondu à une question dont elle n'avait pas même soupçonné la portée.

— Singulière enfant ! murmura Dick ; Oh ! que ne m'est-il au moins donné de la haïr !... Tu n'as pas *encore* d'amant soit, mais tu aimes? poursuivit le Batteur d'Estrade en fixant la jeune fille d'un regard interrogateur.

— Crois-tu, Joaquin? demanda vivement Antonia. Oh! je t'en supplie, ne te moque pas de moi... n'abuse pas de mon inexpérience... je serais si malheureuse, si tu me trompais!... J'aime... dis-tu?... Oh! ce serait trop de bonheur... Mais, en es-tu bien sûr?

Le naïf et sincère enthousiasme de la jeune fille amena sur les lèvres du Batteur d'Estrade un superbe et sublime sourire; le sourire du gladiateur qui, mortellement atteint, tombait en saluant César.

— Antonia, dit-il avec un sang-froid qui n'avait plus rien d'affecté, tu as reçu, pendant mon absence, un *forastero* (1) à la ferme?

— Il n'est pas forastero, Joaquin, il est étranger... Français!

— *Il*, pour la femme, représente l'homme aimé, je le sais; mais moi, Antonia, je préférerais un nom... cela donnerait une plus grande clarté à notre dialogue.

— Il s'appelle don Luis!

— Quel joli nom!

— N'est-il pas vrai, Joaquin? C'est ce que je ne cesse de me répéter.

Le Batteur d'Estrade haussa les épaules.

— Il est jeune, sans doute, ce señor don Luis?

— Je le crois. Oh! oui, il doit être jeune.

— Beau garçon?

— Beau garçon, répéta lentement Antonia; attends que je me souvienne... Voilà qui est singulier. Mon Dieu, je ne me rappelle plus son visage, et pourtant sa voix résonne encore à mes oreilles.

Est-il resté longtemps au rancho, ce charmant étranger à la voix si musicale!

— A peine quinze jours!

— Ah! à peine quinze jours!... Et quel prétexte a-t-il mis en avant pour motiver un séjour de deux semaines à la Ventana, ce señor don Luis? Était-il, comme ton hôte actuel, trop fatigué pour continuer son voyage?... ou bien...

— Don Luis n'est ni faible ni menteur. Il s'est contenté de me dire la vérité.

— J'avoue que je serais curieux de connaître cette vérité!

— Il m'a déclaré que, depuis qu'il était au monde, il ne s'était jamais trouvé nulle part aussi heureux qu'ici, et il m'a demandé si je voulais consentir à ce qu'il restât quelque temps à la Ventana?

— Et toi, naturellement, tu t'es empressée de lui en accorder la permission?

— Certes!

— Et comment avez-vous passé ces quinze jours ensemble?

— D'une manière délicieuse; les journées ne me paraissaient pas durer une heure.

— Cela va de soi-même!... Ce que je désire savoir, c'est la façon dont vous employiez votre temps?

— Nous chassions un peu, et nous causions beaucoup.

— Il est inutile que je te prie de me rapporter vos con-

versations; je sais à l'avance tout ce que don Luis a dû te dire.

— Comment le saurais-tu, Joaquin, puisque nous étions seuls?

— Parce que justement, quand une jolie fille et un jeune homme sont seuls, ils traitent toujours le même sujet. Les nuances diffèrent bien un peu... mais ce n'est pas la peine d'en parler... C'est là une simple question de hardiesse et d'éducation... le fond reste le même.

Cette réponse du Batteur d'Estrade amena une délicieuse expression de tristesse sur le visage d'Antonia.

— Tu ne te joues pas de ma crédulité, Joaquin, dit-elle. Quoi! est-il possible que je me sois aveuglée à ce point?... Moi qui écoutais, avec un plaisir dont je ne saurais te donner une idée, ce que me disait don Luis, et qui étais ravie de son esprit, je n'entendais donc qu'une leçon qu'il me répétait après l'avoir déjà cent fois récitée à d'autres femmes? Non, non, cela n'est pas, cela ne saurait être. D'abord, tu plaisantes toujours, toi, Joaquin.

— Je te jure, Antonia, que j'ai parlé fort sérieusement.

— Tu le jures?... alors je te crois... Pourtant, qui m'assure que tu ne me trompes pas? Mais il est un moyen bien simple de savoir si tu as deviné juste...

— Quel moyen, Antonia!

— Répète-moi ce que me disait don Luis! Acceptes-tu cette preuve?

— Je l'accepte! Seulement il est probable que, comme ma voix n'est pas aussi harmonieuse que celle de cet étranger, mes paroles ne posséderont plus pour toi ni le même charme, ni par conséquent le même sens que les siennes te paraissaient avoir.

— C'est possible; mais à présent que me voilà avertie, je réfléchirai bien avant de porter un jugement.

— Don Luis te racontait qu'il n'avait encore jamais aimé.

— Tu te trompes déjà, Joaquin... Don Luis ne m'a pas touché un mot de son passé.

— Au fait, c'est juste!... Il comprenait que tu ne saurais être exigeante!... Il te jurait que de sa vie entière il n'avait rencontré une femme dont la beauté pût être comparée à la tienne?...

Antonia battit joyeusement des mains.

— Oh! voilà que tu fais décidément fausse route! s'écria-t-elle. Don Luis ne m'a jamais parlé de ma beauté!

— Alors cet homme est plus adroit et plus dangereux que je ne le supposais d'abord; ça ne doit pas être un aventurier vulgaire!... Pourtant, il n'avait nul besoin d'user de ménagements envers elle... Aurait-il deviné l'exquise et fière intelligence qui se cache sous ses allures enfantines et sauvages? Non... non... pour croire à ce phénomène, il faut avoir assisté à son développement. Et puis, Antonia est trop belle; il aurait été tout de suite ébloui...

— Eh bien! Joaquin, tu te tais, s'écria la jeune fille avec une impatience mutine, est-ce à dire que tu t'avoues vaincu?

— Ah! j'oubliais!... Antonia, prête-moi ton attention. Il est probable que, cette fois, tu n'auras plus à constater mon erreur...

— Je t'écoute, Joaquin.

— Don Luis ne s'est-il pas tout d'abord montré surpris de la vie solitaire que tu mènes ici?...

<hr>

(1) Le mot de *forastero* sert à désigner l'indigène de passage dans une localité qui n'est pas la sienne, et non pas l'étranger ou *estranjero*, c'est-à-dire l'homme qui vient d'un autre pays.

Joaquin Dick l'écoutait avec une anxieuse attention. (Page 39.)

— Oui, c'est vrai !

— Ah ! c'est cela...

— Quoi, cela, Joaquin ?

— N'a-t-il pas ajouté qu'il était imprudent à toi de demeurer ainsi seule, si loin des villes et, pour ainsi dire, abandonnée de tous ?...

Antonia devenait rêveuse.

— Oui... Joaquin.

— Et toi, que lui as-tu répondu ?

— Que je n'ai rien à redouter de personne... que tout le monde m'aime... que les Apaches eux-mêmes sont mes amis.

— Alors don Luis s'est écrié que vivre ainsi n'était pas vivre, que c'était végéter... Puis il s'est mis à te faire une séduisante description de l'existence des femmes en Europe, des plaisirs que vous offre le séjour des villes... Il t'a parlé d'étoffes merveilleuses, d'admirables bijoux, de spectacles enchantés...

— Non... non... non... il ne m'a pas dit un seul mot de toutes ces choses-là, s'écria Antonia en interrompant joyeusement le Batteur d'Estrade. Tout au contraire, il m'a répondu que, du moment où je ne courais aucun danger, il ne voyait pas une vie plus heureuse que la mienne... et il m'a prié, au nom de mon bonheur, de bien réfléchir avant de quitter mon rancho, si jamais me venait le désir de changer de position !... Que, quant à lui personnellement, sa conviction intime, profonde, était que nulle part ailleurs je ne retrouverais une tranquillité égale à celle dont je jouis ici !... Tu vois donc bien, Joaquin, que tu avais tort tout à l'heure de prétendre que tu savais à l'avance tout ce que don Luis avait dû me dire ?...

Un assez long silence suivit cette réponse d'Antonia ; le Batteur d'Estrade était véritablement étonné ; quant à la jeune fille, on peut présumer quel était le sujet de ses pensées.

— Il est incontestable pour moi, Antonia, dit enfin le Batteur d'Estrade, que tous ces bons conseils de don Luis cachaient une mauvaise pensée et une méchante intention. Maintenant, quelle est cette intention et cette pensée ? C'est ce que je ne saurais deviner. La perversité humaine possède tant de ressources, dispose de tels moyens, qu'elle met souvent en défaut la prudence la plus consommée, la perspicacité la plus grande !... Une dernière question : don Luis n'a-t-il reconnu par aucun cadeau ta généreuse hospitalité ?

3.

— Oui, il m'a fait un cadeau, répondit Antonia en rougissant, non d'embarras, mais de plaisir, et même un cadeau bien précieux.

— Ah! ah! serais-je sur la piste?... Quel est ce cadeau?

— Une bague, Joaquin!

— Je vois que don Luis connaît les classiques allemands!... La scène de Faust et Méphistophélès : « Des cadeaux, des cadeaux, toujours des cadeaux et vous réussirez.» A-t-il au moins galamment fait les choses?... Le diamant est-il beau?...

— Quel est ce Faust et ce Méphistophélès dont tu parles, Joaquin?

— Rien... rien... j'ai pensé tout haut... Voyons cette bague?

Antonia tendit sa petite main andalouse au Batteur d'Estrade; un mince filet de vieil or se jouait autour de l'annulaire de la jeune fille.

— Mais cela ne vaut pas quatre réaux, dit Joaquin. Allons, allons, ce don Luis doit être rangé plutôt dans la classe des bons vivants que dans celle des hommes passionnés. Il aura trouvé très-commode de se faire héberger et entourer de soins pendant quinze jours sans avoir bourse à délier.

— Cette bague, continua Antonia qui, toute pensive, n'avait pas pris garde à ces paroles, cette bague appartenait à la sœur de don Luis, lorsqu'elle était toute enfant; elle la lui donna le jour où elle cessa de porter son nom pour prendre celui de l'homme qui la conduisit à l'autel. C'est ce que je possède de plus précieux au monde, m'a dit don Luis; et souvent la pensée que, si un accident m'arrivait en voyage, cette bague pourrait passer en des mains indignes, m'a fait tristement réfléchir. C'est un véritable service que vous me rendrez, señorita, en acceptant cet objet qui, dénué de toute valeur par lui-même, en a une si grande à mes yeux.

— Caramba! mais voilà une phrase qui vaut son pesant d'or, et qui remplace parfaitement un diamant... Elle a eu en outre, mais ceci pour don Luis, le mérite d'être fort économique.

— Don Luis, en quittant le rancho, a donné trois onces (1) d'or à Andrès, dit Antonia.

Cette fois, Joaquin Dick était décidément battu. Aussi jugea-t-il à propos de détourner la conversation.

— Tiens! mais à propos, et ce pauvre Panocha, comment prenait-il le séjour de l'étranger au rancho?

— Andrès adorait don Luis...

— Caramba! si je comprends...

— C'est pourtant bien simple, interrompit Antonia en souriant d'un fin sourire que mademoiselle Mars n'aurait pas désavoué... Je lui avais ordonné de l'aimer.

— Oh! les femmes! murmura le Batteur d'Estrade, ignorantes ou naïves, élevées dans les bois ou dans les salons, elles ont toutes de l'esprit dès qu'il s'agit de se moquer d'un pauvre garçon qui les aime... Mais ce don Luis, quelle espèce d'homme ce peut-il être? Quels sont ses projets sur Antonia?... Bah! à quoi bon chercher davantage?... Il y a heureusement dans le monde des gens qui ne sont que tout bonnement des sots.

(1) L'once vaut 80 à 85 francs, selon le cours du change.

IX

LE DÉPART.

La conversation qu'il avait avec Antonia faisait éprouver à Joaquin Dick une poignante souffrance morale; cependant, au lieu d'y mettre un terme, il dit à la jeune fille :

— Antonia, la soirée est magnifique, veux-tu venir me montrer les merveilles de ton jardin?

La charmante hôtesse de la Ventana accueillit avec une joie tout enfantine la proposition du Batteur d'Estrade.

— Prends garde, Joaquin, répondit-elle en souriant, voilà que tu te trahis!

— Comment?

— Si tu ressentais pour moi cette indifférence dont tu fais si souvent parade, me demanderais-tu à voir mes fleurs chéries?... Non, Ton intention est de m'être agréable, je le sais... Mais j'ai peut-être tort de parler avec tant de franchise, car, pour prendre ta revanche, tu vas maintenant critiquer mes nouvelles plantations, et ne pas trouver jolie une seule de mes roses.

L'air de fausse modestie avec lequel Antonia prononça ces mots, disait clairement qu'elle comptait sur un triomphe.

Au reste, il eût été difficile de rêver un retiro plus embaumé, plus frais et plus charmant que le rancho de la Ventana.

Quoique le caprice seul eût présidé au tracé de ses allées sinueuses, à la disposition de ses épais massifs de fleurs et de verdure, il régnait dans ce désordre apparent un goût exquis, une harmonie pleine de délicatesse et de coquetterie qui décelaient de prime-abord une direction toute féminine.

Le Batteur d'Estrade, retombé dans ses réflexions, se promena pendant quelques instants sans renouer la conversation. La première question qu'il adressa à la jeune fille, inquiète et humiliée de ce silence, car elle l'avait perfidement conduit devant les plus belles corbeilles, expliqua de quelle nature étaient ses pensées.

— Ainsi, Antonia, dit-il, tu serais heureuse de savoir si tu aimes don Luis?

— Oh! oui... bien heureuse!...

— Et pourquoi?

— Il doit être si doux d'aimer!

— Mais si don Luis restait indifférent à ton amour? si la tendresse que tu attends de lui, il te la refusait pour la mettre aux pieds d'une autre femme?

— Eh bien? demanda Antonia d'une voix calme et qui décelait simplement la curiosité.

— Ne comprends-tu pas, pauvre enfant, le trouble profond qu'une pareille désillusion apporterait dans ton existence! tes jours seraient voués aux larmes... tes nuits à l'insomnie!...

— Pourquoi me désolerais-je, parce que don Luis ne m'aimerait pas?... cela ne m'empêcherait pourtant ni de penser à lui ni de l'aimer...

Le Batteur d'Estrade resta quelque temps sans répondre.

le sarcasme était sur ses lèvres, l'attendrissement dans ses yeux.

— Chère enfant, reprit-il, on croirait, en t'entendant manifester une telle soif d'affection, que tu n'as jamais encore rencontré jusqu'à ce jour l'occasion d'exercer la tendresse de ton cœur. As-tu donc perdu le souvenir de ta mère ? N'as-tu jamais pris garde au dévouement de tes serviteurs ?

— Ma mère ! s'écria Antonia avec un élan passionné qui fit tressaillir Joaquin Dick ; ma mère ! répéta-t-elle lentement ; puis, après une légère pause, la délicieuse enfant, se reprenant comme si elle se repentait d'avoir laissé échapper ce cri parti du fond de son âme, continua d'une voix calme et indifférente... Mes serviteurs ont toujours été bons et honnêtes avec moi..., j'en conviens... mais ce sont des serviteurs.

— Et Panocha te semble-t-il donc indigne de ton attachement ?

Un sourire plutôt espiègle que railleur passa sur les lèvres roses d'Antonia.

— Pauvre Andrès, dit-elle.

Le Batteur d'Estrade qui, tout en causant, avait continué de marcher aux côtés d'Antonia, s'arrêta, et prenant la main de la jeune fille dans les siennes :

— Et moi, Antonia, lui demanda-t-il en baissant la voix, et d'un accent qui exprimait plutôt la crainte que la passion, ne m'aimes-tu pas un peu ?

— Oh ! toi, oui, je t'aime bien... mais...

— Achève !

— Mais, continua-t-elle, ce n'est pas ainsi que je voudrais aimer.

— Tu as raison, dit tristement Joaquin ; la neige effraye le printemps ; la jeunesse peut respecter la vieillesse, mais elle en a peur.

— Non, non... interrompit vivement Antonia, tu te trompes, Joaquin... ce n'est point là ce que j'ai voulu dire... mon Dieu ! je ne sais comment expliquer ce que j'éprouve ! Dès le premier jour que je t'ai vu, c'était un peu après la mort de ma mère, je me suis sentie entraînée vers toi ; depuis lors chaque fois que tu es venu au rancho mon cœur a battu de joie... je suis bienheureuse quand nous sommes ensemble... Je ne voudrais jamais te quitter,... Mais, vois-tu Joaquin... oui, c'est bien cela, il y a en toi un côté mystérieux qui empêche ma pensée de te suivre dans tes voyages... J'ai beau me torturer l'esprit, il m'est toujours impossible de t'attribuer telle ou telle action, de te supposer dans telle ou telle situation... Don Luis, lui, c'est tout le contraire ! il suffit de l'avoir entendu une heure pour lire dans son cœur, pour connaître ses désirs, ses espérances. Si je l'aimais, si je m'intéressais à son sort, l'oisiveté de mon existence qui, depuis quelque temps, j'ignore pourquoi, commence à me peser, se dissiperait, je le sens, comme par enchantement !... Je m'associerais, par la pensée, à ses travaux et à ses périls ; je vivrais de sa vie... je ne serais plus seule sur la terre ! Mais tu ris, Joaquin... Allons, je le vois... j'ai dit des folies et en toi-même tu te moques de moi...

Joaquin ne répondit pas, il pensait :

— C'est bien cela, les jeunes filles commencent toujours, à leur début, par s'égarer dans les nuages ; mais

qu'elles aperçoivent une proie qui leur convienne, un cœur bien frais et bien jeune à déchirer, elles plient aussitôt leurs ailes et tombent femmes sur la terre ! Quel peut être ce don Luis ? sera-t-il bourreau ou victime ?... Antonia, reprit Joaquin en élevant la voix, rassure-toi : l'ennui dont tu te plains, et dont je ne devine que trop la cause, va cesser de t'accabler de ses molles langueurs. L'ennui à ton âge dure peu !... car il est le messager de la douleur... Tu ne me comprends pas à présent... Peu importe, rappelle-toi mes paroles et sois assurée que si jamais nous nous revoyons, tu me diras, sans que j'aie besoin de t'interroger : « Ah ! Joaquin, comme tu as eu jadis raison ! »

— Si jamais nous nous revoyons, dis-tu ? répéta Antonia en interrompant le Batteur d'Estrade avec vivacité ; as-tu donc l'intention d'abandonner ce pays ?

Joaquin hésita à répondre.

— Non..., non... je ne mentirai point, murmura-t-il, cette enfant, en affaiblissant mes convictions, a rendu plus cruelles encore mes souffrances ; mais c'est à elle que je suis redevable des fugitifs rayons de soleil qui seuls, depuis des années, ont éclairé et égayé ma sombre existence ! Je lui dirai la vérité, afin que, si jamais elle apprend à me connaître, elle n'ait pas au moins le droit de me haïr...

— Je t'ai bien souvent vu triste, maussade, Joaquin, reprit la jeune fille après quelques secondes de silence et d'attente, mais jamais encore autant que ce soir... Tu passes devant mes plus jolies fleurs sans les regarder ; je te parle, tu ne m'écoutes pas, et si, par hasard, tu daignes me répondre, tes propos sont bizarres et moqueurs. Ce n'était vraiment pas la peine de me proposer cette promenade au jardin !...

Cette petite attaque dirigée contre le Batteur d'Estrade par Antonia, et dont elle attendait merveille, fut perdue ; Joaquin, de plus en plus absorbé dans ses réflexions, n'y prit seulement pas garde.

La jeune fille impatientée et dépitée, se remit en marche.

— Ecoute-moi, Antonia, s'écria le Batteur d'Estrade en la retenant par la main, mes paroles, les dernières, sans doute, que tu entendras sortir de ma bouche, seront graves et dignes de toute ton attention.

— Voilà maintenant que tu me fais peur, dit Antonia, en essayant de sourire.

— Tu me demandes, enfant, si j'ai l'intention de m'expatrier à tout jamais ? Non, car je hais et je méprise tellement le genre humain, que je ne saurais supporter la pensée de me reposer de l'éternel sommeil dans un cimetière commun... Ma tombe est déjà creusée dans le sable du désert !

— Vraiment, Joaquin, je trouve que tu...

— Laisse-moi poursuivre sans m'interrompre, Antonia ; je n'ai plus à t'importuner longtemps de ma présence. Si j'ai pris la résolution de ne plus te voir, c'est parce que je t'aime et que mon amitié porte malheur... Tu as tort de secouer ainsi d'un air de doute ta jolie tête, chère enfant !... je porte malheur, te dis-je, non pas que la nature m'ait doté d'une fatale influence, mais bien parce que je suis méchant, parce que je mets maintenant ma volupté à froisser les cœurs, à faire verser des larmes !... Y a-t-il un bon ange qui veille sur toi, es-tu née sous une heureuse étoile ?... c'est ce que j'ignore... Toujours est-il, Antonia, que jamais la pensée ne m'est venue d'attenter à ton repos, de troubler la paix de tes jours... Je t'ai toujours porté une tendresse paternelle, et si tu m'as si souvent trouvé brusque de ton et de manières, c'était une révolte contre le sentiment que tu m'inspirais, et que j'étais humilié et froissé de ne pouvoir vaincre... Pour toi, Antonia, j'ai manqué à un serment de haine!.. Aujourd'hui, que des symptômes évidents, irrécusables, m'annoncent que tu es sur le point de subir la fatale métamorphose qui attend toute jeune fille aux premiers bégaiements de son cœur, je dois m'éloigner, sous peine de m'exposer à un remords ou à un tourment. Je n'ose former des souhaits pour ton bonheur; car je ne crois pas qu'il y ait de bonheur possible ici-bas... et puis, mes souhaits partiraient d'un cœur trop ulcéré pour pouvoir arriver jusqu'au ciel!... Pourtant, j'essayerai de me persuader, lorsque je ne te verrai plus, que tu es heureuse... Adieu, Antonia!...

Joaquin Dick serra la main d'Antonia, et, s'approchant de la jeune fille, il effleura son front d'un baiser.

— Joaquin; tu es malheureux... tu pleures!... je ne veux pas que tu partes!... s'écria Antonia avec une généreuse émotion, car elle venait de sentir l'humide chaleur d'une larme sur sa main.

— Oh! merci... merci, mon enfant, murmura le Batteur d'Estrade avec une voix d'une si sympathique douceur, que la jeune fille en fut toute troublée!... Merci, chère enfant... Depuis vingt-ans je n'avais pas pleuré!

Alors, après une suprême et pourtant presque insensible hésitation, Joaquin s'éloigna à grands pas.

Deux heures plus tard le rancho de la Ventana était plongé dans une obscurité profonde, aucune lumière ne brillait aux fenêtres, aucun bruit ne s'élevait au milieu du silence de la nuit, et cependant, de tous les habitants ou des hôtes de la ferme, un seul dormait : Grandjean.

Le voyageur qui aurait aperçu en passant cette paisible et calme habitation, enfouie pour ainsi dire dans la solitude aurait certes envié la tranquillité dont devaient jouir ceux qui reposaient sous son toit, et il ne se serait pas douté que là, tout comme dans une ville, s'agitaient des passions et régnait l'insomnie.

Joaquin Dick, couché tout habillé sur son lit, fumait distraitement une cigarette; son sang, enflammé par la fièvre, affluait à son cerveau, et donnait à sa pensée une fatigante activité.

— Quelles bizarres contradictions présente le cœur humain! se disait-il. Tantôt, j'ai ressenti une âpre et farouche satisfaction en m'imaginant que les Apaches avaient incendié la ferme et tué Antonia... et voilà maintenant que je tremble à la pensée de laisser cette faible enfant exposée aux entreprises de don Enrique. Serait-ce que j'aimerais mieux voir Antonia morte que flétrie? Que cet homme prenne garde à lui!... Il a voulu me voler mon or et je lui ai pardonné... S'il touche à ma dernière illusion, il mourra! Des illusions, moi!... Et pourquoi pas? Ne voit-on pas tous les jours de pauvres petites fleurs, privées de lumière et de soleil, s'épanouir fraîches et odorantes sur des ruines? Il n'y a granit si dur qui ne recèle un grain de sable créateur ni cœur si desséché qui ne contienne un germe d'espérance!... Oui, c'est possible... mais on n'a jamais vu pousser des fleurs sur un rocher de glace!... Ah! tout est en confusion dans mon cœur!...

M. Henry, également retiré dans sa chambre, pensait à Antonia ; le délicieux visage de l'adorable jeune fille, se détachant de l'ombre dans une lumineuse auréole, irritait et exaltait son imagination.

Panocha, étendu par terre sur son zarape, couche qui lui semblait bien préférable au lit qui ornait son appartement de caballero, songeait aux six ours gris tués par M. Henry, et cherchait un moyen qui lui permît, sans trop s'exposer, de combattre un si redoutable adversaire.

Quant aux quatre domestiques mexicains, enfermés ensemble dans une grange, ils déploraient l'arrivée du Batteur d'Estrade, qui les avait empêchés d'assassiner et de dépouiller leur maître.

Des pensées d'amour, de cupidité et de meurtre tourmentaient donc les habitants et les hôtes de ce paisible rancho, qui, vu du dehors, ressemblait à un asile de tranquillité et de paix !

Dès le lever du jour une bruyante animation fit place au silence de la nuit. Les serviteurs mexicains, Grandjean et Joaquin Dick sellaient leurs chevaux et se préparaient à se mettre en route, lorsque M. Henry entra dans le *corral*. Il appela ses domestiques, et Grandjean remit à chacun d'eux ce qui lui était dû pour ses gages, puis leur déclara qu'il n'avait plus besoin de leurs services. S'approchant ensuite du Batteur d'Estrade, qui déjà était monté à cheval :

— Señor Joaquin, lui dit-il d'un air embarrassé et qui ne lui était pas habituel, il me semble qu'avant de vous éloigner, vous avez un petit compte à régler avec moi?

— Quel compte? Ah! les vingt piastres que vous vous êtes engagé à me donner lors de notre arrivée à Guaymas! Ce n'était pas pressé.... nous sommes gens de revue, vous m'auriez payé une autre fois...

— Croyez-vous, en effet, que nous nous reverrons! demanda M. Henry en regardant fixement le Batteur d'Estrade.

— Je fais mieux que le croire, j'en suis certain.

— D'où vous vient cette conviction ?

De ce que vous et moi nous marchons dans le même sentier, dans le sentier de l'aventure. N'importe! *Mas vale uno toma que dos te dare* (1)! donnez toujours. Joaquin tendit sa main vers M. Henry, qui lui remit les vingt piastres. Le batteur d'Estrade fit joyeusement sauter les pièces d'argent; puis, après les avoir examinées une à une, il les glissa dans les larges poches de sa calzonera.

Il y avait une telle vulgarité dans l'action de Joaquin, son contentement paraissait si foncièrement vrai et banal, que M. Henry ne fût pas maître d'un mouvement de surprise.

— Me serais-je grossièrement trompé? pensa-t-il ; cet homme devrait-il à son contact avec les voyageurs les façons et le langage qui m'ont si fort étonné en lui? Quoiqu'il en soit, il est audacieux, intelligent et capable... J'espère, señor Joaquin, reprit le jeune homme, si la destinée nous réunit de nouveau, que notre seconde rencontre vous sera plus productive que la première...

— Mais je suis loin de me plaindre de cette rencontre, seigneurie!... D'abord j'y ai gagné vingt piastres; ensuite

(1) La traduction littérale de ce proverbe, dont nous avons l'équivalent dans notre langue, est : il vaut mieux *un* prends que *deux je te donnerai.*

elle m'a fait connaître l'invention et l'emploi des balles garnies d'une pointe en acier. Seigneurie, au plaisir de vous revoir !

Le Batteur d'Estrade rendit la bride à Gabilan, qui bondit hors du corral.

A ce trait lancé à la manière des Parthes, et qui le frappait en pleine poitrine, M. Henry avait tressailli; mais, apercevant le Canadien qui tirait son cheval par la bride, il domina son émotion en interpellant le géant :

— Holà ! Grandjean, lui cria-t-il, est-ce ainsi que l'on se sépare quand on a passé de longs jours de dangers ensemble? Quoi ! pas un mot?

Le Canadien s'arrêta.

— Que voulez-vous que je vous dise ? Vous m'avez payé : vous ne me devez rien !.... Ah ! parbleu ! vous m'y faites penser !... J'ai à vous prier de ne plus me tutoyer, maintenant que je ne suis plus à votre service.

— Volontiers, seigneurie, reprit le jeune homme en riant. Et, si j'avais encore besoin de vous, me serait-il permis de compter sur votre concours ?

— Si je ne suis pas engagé ailleurs, oui !

— Où vous trouverais-je ?

— A Guaymas, sans doute !

— C'est bien ; il est probable que vous recevrez bientôt de mes nouvelles.

— Vous n'avez plus rien à me dire ?

— Non, seigneurie.

— Bonjour.

Le Canadien enfourcha sa monture, fit claquer sa langue, car il ne se servait jamais de l'éperon, et partit sur les traces du Batteur d'Estrade.

— A présent, murmura le jeune homme, à nous deux, charmante Antonia !

— Votre seigneurie a donc l'intention de ne se mettre en route qu'après la sieste ? dit en ce moment une voix derrière M. Henry. Celui-ci se retourna vivement et se trouva face à face avec le señor don Andrès Morisco y Malinche y Nabos.

— Panocha ! s'écria-t-il, je vous croyais déjà parti pour Guaymas !

Panocha prit une pose d'une extrême dignité.

— Señor estranjero, dit-il, Panocha est un sobriquet inventé par quelque domestique en gaieté, et qui est doublement déplacé dans la bouche d'un caballero, s'adressant à un autre caballero !...

Le Mexicain déclama alors pompeusement l'élégante liste de ses noms.

— Bien, assez, je les accepte tous, interrompit M. Henry, mais vous n'avez pas répondu à ma question !... Ne deviez-vous point vous rendre aujourd'hui à Guaymas ?

— Nullement, señor...

— Pourtant, vous avez annoncé hier votre intention de...

— Il faut croire que j'ai changé d'idée, puisque me voici, interrompit à son tour Panocha.

— Mais on ne change pas ainsi d'idée à propos de rien, señor Andrès ?

— Et qui vous assure que je n'ai pas un motif ?

— Vraiment ! Eh bien ! tenez, je m'en doutais ?

— Vous ?

— Oui, moi ! et pour vous prouver que je ne cherche pas à vous arracher par surprise ce que vous paraissez tant tenir à cacher, c'est que je vais, pour peu que cela vous soit agréable, vous dire le motif qui vous retient ici.

— Vous allez me dire cela, vous? demanda Panocha d'un ton qui coudoyait l'impertinence.

— Tout de suite, si vous me l'ordonnez, señor don Andrès ! répondit M. Henry, dont la politesse augmentait à mesure que croissait l'arrogance du Mexicain.

— Savez-vous bien que vous m'amusez beaucoup?

— Vous me comblez !

— Eh bien ! dites, j'écoute.

— Voulez-vous me permettre de vous adresser auparavant une question ?

— Ah ! ah ! voilà que vous reculez !... Quelle est cette question ?

— Si le désir me prenait de me mettre à l'instant même en route, resteriez-vous toujours au rancho ou m'accompagneriez-vous ?

— Dame ! à vous parler franchement, je présume que je vous accompagnerais.

— Ce qui signifie clairement que vous ne restez que parce que je reste ?

— Quand cela serait ?

— Et que le seul et unique motif qui vous fait retarder votre voyage est une jalousie insensée.

— Moi, jaloux ?

— Comme un tigre, señor don Andrès !

— Jaloux de qui ?

— Parbleu ! de dona Anionia !

Le teint de Panocha était ordinairement jaunâtre, la réponse de M. Henry le rendit cramoisi.

— Ah ! ah ! s'écria-t-il avec un grand éclat de rire, ah ! ah ! ah ! que vous êtes donc plaisant, señor !

L'hilarité du Mexicain était si violente, qu'il semblait ne pouvoir plus se tenir sur ses jambes; il chancela du côté de M. Henry.

— Misérable !... s'écria tout à coup Panocha en sortant un couteau ouvert de la poche de sa calzonera, meurs !...

Et il frappa le jeune homme.

Malheureusement pour le noble et vaillant don Andrès, sa gaieté trop exagérée avait mis son adversaire sur ses gardes; Panocha sentit une main de fer arrêter et broyer son bras; il poussa une exclamation de douleur et laissa tomber son couteau.

— Señor don Andrès, dit froidement M. Henry, vous devez la vie à Antonia ! la crainte seule d'affecter sa sensibilité m'empêche de vous tordre le cou !... Vous essayez en vain d'ouvrir votre main... ce n'est rien... cela se passera tout à l'heure ; je n'ai presque pas serré !... Ramassez donc votre couteau, señor Andrès... il a une lame affilée et pointue à vous faire venir l'eau à la bouche !... Consolez-vous..... vous l'emploierez mieux une autre fois !

Panocha était anéanti d'admiration et de terreur.

— Quand votre seigneurie désire-t-elle que je parte pour Guaymas ? demanda-t-il sans oser lever les yeux sur son terrible interlocuteur.

— Quand bon vous semblera, cher caballero... Je vous donne un quart d'heure.

Le Mexicain ramassa son couteau de la main gauche, et

s'éloigna après avoir salué jusqu'à terre son généreux vainqueur.

Au lieu de se diriger vers le corral, Panocha prit le chemin du rancho. Arrivé devant la porte de la salle à manger, il regarda de tous côtés, puis, n'apercevant personne, il entra.

Une fois qu'il eut pénétré dans la pièce, Panocha referma avec soin la porte derrière lui, et tirant de sa poche une petite clef informe et grossièrement forgée, il la glissa dans la serrure d'un tiroir de l'étagère dont il a déjà été parlé. Plusieurs brusques secousses qu'il donna, car la serrure résistait, provoquèrent un son métallique et argentin; en effet, lorsque ce tiroir fut ouvert, il offrit à la vue du Mexicain un monceau de piastres entremêlées de quelques onces d'or.

— Je gagerais ma tête contre un paquet de cigarettes, murmura Panocha, que dona Antonia ne se rappelle plus qu'elle possède cet argent... Son âme est si haute, sa générosité si grande!... Si ce n'est qu'un caballero ne peut aborder décemment une question d'intérêt vis-à-vis d'une femme, je ne me serais pas donné tant de mal à confectionner une double clef; j'aurais tout bonnement demandé la sienne à Antonia... Voyons! de combien ai-je besoin? Ce maudit étranger m'a tellement troublé l'esprit avec sa brusquerie de mauvais goût, que j'ai oublié mon compte. Récapitulons : un chapeau de paille de Guayaquil, seize piastres... je prends donc seize piastres... Une *manga* en drap bleu et brodée de velours noir, soixante piastres... une paire d'éperons dorés et argentés, huit piastres... une cravate de foulard... quatre piastres... combien tout cela

fait-il ?... quatre-vingt-huit piastres !... Est-ce bien là mon total ?... Non, mon total était quatre-vingt-dix, je me le rappelle à présent! j'oublie quelque chose!... Ah! deux piastres pour mon *mescal*....

Panocha prit les deux piastres, mais, se ravisant presque aussitôt, il les rejeta dans le tiroir.

— Non, cela ne serait pas délicat de ma part, poursuivit-il, car si je vidais quelques bouteilles de mescal, ce serait uniquement pour satisfaire un de mes goûts, et non pour plaire à Antonia !

Panocha réfléchit un instant, puis reprenant cinq piastres au lieu des deux qu'il venait de remettre, il les fourra dans sa poche en disant :

— Je déteste le vin de Malaga... n'importe... c'est un vin de caballero... J'en achèterai une bouteille pour la boire, à mon retour, devant dona Antonia !...

Dix minutes ne s'étaient pas écoulées depuis que Panocha avait achevé cette petite expédition, d'une honnêteté peut-être un peu douteuse aux yeux d'un Européen, qu'il montait à cheval et s'éloignait de la Ventana...

Il avait à peine franchi une distance de deux cents pas, lorsqu'en retournant la tête pour jeter un dernier regard sur le rancho, il aperçut M. Henry offrant son bras à Antonia.

— J'ai fait tout ce qu'il m'a été humainement possible de faire pour sauver ma bien-aimée maîtresse, dit-il avec un triste soupir, j'ai noblement combattu pour elle ; mais le sort a trahi ma valeur. Que les saints du paradis veillent maintenant sur elle ! J'ai accompli mon devoir...

FIN DE LA PREMIÈRE SÉRIE.

Sceaux. — Typographie de E. Dépée.

BIBLIOTHÈQUE DE BONS ROMANS ILLUSTRÉS.

MADAME V. ANCELOT

Georgine, 2 séries à . . . . » **50** c.
1re série : Georgine. — 2e série : Les Doux Sœurs.
Laure, 2 séries à . . . . » **50** c.

ANONYME

Mémoires secrets du duc de Roquelaure, 8 sér. à **50** c.
1re et 2e série brochées ensemble . . . . . . 1 »
3e et 4e » » . . . . 1 »
5e et 6e » » . . . . 1 »
7e et 8e » » . . . . 1 »

HENRI AUGU

Montgommery . . . . » **50** c.

JULES BOULABERT

La Femme Bandit, 6 séries à . . . . . » **50** c.
1re série : La femme bandit. — 2e série : Pas-de-Chance. —
3e série : Bourreau des Crânes. — 4e série : Bourreau des
Crânes (*Suite*). — 5e série : La Rosière. — 6e série : Médecin des pauvres.
Le Fils du Supplicié, 3 séries à . . . . . » **50** c.
1re série : Fils du Supplicié. — 2e série : La Corvette. —
3e série : Les Prisonniers.
La Fille du Pilote, 5 séries à . . . . . . **50** c.
1re série : La Fille du Pilote. — 2e série : Une Femme sans
Cœur. — 3e série : La Gardienne de la Falaise. — 4e série : Ève de Mérinval. — 5e série : Josepha.
Les Catacombes sous la Terreur, 3 séries à » **50** c.
1re série : Les Catacombes. — 2e série : l'Aveugle du Pont-
Neuf. — 3e série : Quiberon.

ÉLIE BERTHET

Le Château de Montbrun, 2 séries à . . . » **50** c.
1re série : Château de Montbrun. — 2e série : Du Guesclin.

JULES CAUVAIN

Le Voleur du Diadème, ou les Fénians au
XVIIme siècle, 3 séries à . . . . » **50** c.

ERNEST CAPENDU

Mademoiselle la Ruine, 3 séries à . . . » **50** c.
1re série : Une Nuit de Carnaval. — 2e série : La Maîtresse du Mari. — 3e série : Le Système de dom Bazile.
Le Pré Catelan, 2 séries à . . . . » **50** c.
1re série : Le Pré Catelan. — 2e série : La Courtisanne
amoureuse.
Surcouf, une série . . . . » **50** c.

CHARDALL

Les Vautours de Paris, 3 séries à . . . . » **50** c.
1re série : Les Vautours. — 2e série : Marguerite. —
3e série : Malaga.

CHARLES DESLYS

Le Mesnil au Bois, une série à . . . . . » **50** c.
Le Canal Saint-Martin, 3 séries à . . . . » **50** c.
1re série : Le Canal Saint-Martin. — 2e série : Les Vengeurs.
— 3e série : La Joconde.
L'Aveugle de Bagnolet, une série à . . . » **50** c.
La Jarretière rose, une série à . . . . . » **50** c.

FABRE D'OLIVET

Le Chien de Jean de Nivelle, 2 séries à . . . » **50** c.
1re série : Le Chien de Jean de Nivelle. — 2e série : Les Tur-
lupins.

PUBLIÉES PAR
ALEXANDRE DUMAS
Vie et Aventures de la Princesse de Monaco,
3 séries à . . . . » **50** c.

PAUL DUPLESSIS

Les Boucaniers, 5 séries à . . . . . . » **50** c.
1re série : Le Chevalier de Morvan. — 2e série : Nativa. —
3e série : Montbars. — 4e série : Le Beau Laurent. —
5e série : Fleur-des-Bois.
Maurevert l'Aventurier, 4 séries à . . . . » **50** c.
1re série : Maurevert. — 2e série : Raoul Sforzi. — 3e série : Château de Tremblais. — 4e série : Diane d'Er-
langues.
Les Étapes d'un Volontaire, 5 séries à . . » **50** c.
1re série : Les Étapes. — 2e série : Sœur Agathe. — 3e série : Moine et Soldat. — 4e série : M. Jacques. — 5e série :
Lucile.

OCTAVE FÉRÉ

La Bergère d'Yvry, 3 séries à . . . . . . » **50** c.
1re série : La Bergère d'Yvry. — 2e série : Taloche. —
3e série : Florine.

A. DE GONDRECOURT

Le Dernier des Kerven, 3 séries à . . . . » **50** c.
Les Péchés Mignons, 4 séries à . . . . . » **50** c.
1re série : Les Jaloux. — 2e série : L'Abbé de Brienne. —
3e série : Les Trois Camps. — 4e série : Hélène et Gaston.
Les Jaloux, 3 séries à . . . . » **50** c.
1re série : Les Jaloux. — 2e série : Le Général Chardin. —
3e série : Mademoiselle Parmentier.

CONSTANT GUÉROULT

La Pie voleuse, une série à . . . . . . » **50** c.

HENRI DE KOCK

Les Mystères du village, 2 séries à . . . . » **50** c.
L'Auberge des 13 pendus, 3 séries à . . . » **50** c.
1re série : Le Chasseur de Lâches. — 2e série : Les 12
Épées du Diable. — 3e série : Le Complot.
La Tigresse, 2 séries à . . . . » **50** c.
1re série : Une Tigresse. — 2e série : Le Château de Roderick.
L'Amant de Lucette, une série à . . . . . » **50** c.
Les Amoureux de Pierrefonds, une série à . » **50** c.

G. DE LA LANDELLE.

Les Iles de glace, 3 séries à . . . . . . » **50** c.
1re série : Les Iles de glace. — 2e série : Un Pays perdu. —
3e série : Le Pôle magnétique.

XAVIER DE MONTÉPIN

Les Viveurs de province, 4 séries à . . . » **50** c.
1re série : La Belle Provençale. — 2e série : Le Fils du
Commandant. — 3e série : Diane et Blanche. — 4e série :
Marcel et Georges.
La Fille du Maître d'école, 2 séries à . . » **50** c.
1re série : La Fille du Maître d'école. — 2e série : Coco le
Barraquer.
Le Compère Leroux, 2 séries à . . . . . » **50** c.
1re série : Compère Leroux. — 2e série : La Borghetta.
La Syrène, une série à . . . . » **50** c.
L'Amour d'une Pêcheresse, une série à . . » **50** c.
Marie Lagarde, une série à . . . . » **50** c.

TH. LABOURIEU.

L'Ouvrier gentilhomme, 2 séries à . . . . » **50** c.

VICTOR MUENIER

Le Comte de Soissons, 2 séries à . . . . » **50** c.

MÉRY

Un Carnaval à Paris, 2 séries à . . . . . » **50** c.

LOUIS DE MONTCHAMP

La Jolie Fille du Marais, une série à . . . » **50** c.

MAXIMILIEN PERRIN

Mémoires d'une Lorette, 2 séries à . . . . » **50**
1re série : Mémoires d'une Lorette. — 2e série : Madame de
la Beauchalière.

VICTOR PERCEVAL

La plus laide des sept, 2 séries à . . . . » **50** c.
1re série : La plus laide. — 2e série : La Châtelaine de l'Her-
milière.
Un Amour de Czar, une série à . . . . . » **50** c.
Béatrix, une série à . . . . » **50** c.
Un Excentrique, une série à . . . . . . » **50** c.
Blanche, une série à . . . . » **50** c.

DE PEYREMALE

Était-il Fou ? une série à . . . . » **50** c.

ROUQUETTE ET MORET,

Le Médecin des Femmes, 3 séries à . . . » **50** c.
1re série : Médecin des Femmes. — 2e série : Lavinia. —
3e série : L'Héritage du Crime.

ROUQUETTE ET FOURGEAUD.

Les Drames de l'amour, 2 séries à . . . . » **50** c.

PONSON DU TERRAIL

Un Crime de jeunesse, 2 séries à . . . . . » **50** c.

Typographie de E. Dépée, à Sceaux.

9 782019 251260